大活字本

坊っちゃん（下）

夏目漱石

ぺんで舎
Silver
シルバー文庫

七

おれは即夜下宿を引き払った。宿へ帰って荷物をまとめていると、女房が何か不都合でもございましたか、お腹の立つ事があるなら、云っておくれたら改めますと云う。どうも驚ろく。世の中にはどうして、こんな要領を得ない者ばかり揃ってるんだろう。出てもらいたいんだか、居てもらいたいんだか分りゃしない。まるで気狂だ。こんな者を相手に喧嘩をしたって江戸っ子の名折れだから、車屋をつれて来てさっさと出てきた。

出た事は出たが、どこへ行くというあてもない。車屋が、どちらへ参りますと云うから、だまって尾（つ）いて来い、今にわかる、と云って、すたすたやって来た。面倒だから山城屋へ行こうかとも考えたが、また出なければならないから、つまり手数だ。こうして歩いてるうちには下宿とか、何とか看板のあるうちを目付け出すだろう。そうしたら、そこが天意に叶ったわが宿と云う事にしよう。とぐるぐる、閑静で住みよさそうな所をあるいているうち、とうとう鍛治屋町（かじやちょう）へ出てしまった。ここは士族屋敷で下宿屋などのある町ではないから、もっと賑やかな方へ引き返そうかとも思ったが、ふといい事を考え付いた。おれが敬愛するうらなり君はこの町内に住んでいる。うらなり君は土地の人で先祖代々の屋敷を控えているくらいだから、この辺の事情には通じているに相違ない。あの人を尋ねて聞いたら、よさそうな下宿を教えてくれるかも知れない。幸（さいわい）一度挨拶に来て勝手は知ってるから、捜がしてあるく面倒はない。ここだろうと、いい加減に見当をつけて、ご免ご免と二返ばかり云うと、奥から五十ぐらいな年寄が古風な紙燭（しそく）をつけて、出て来た。おれは若い女も嫌いではないが、年寄を見ると何だかなつかしい心持ちがする。大方清がすきだから、その魂が方々のお婆さんに乗り移るんだろう。これは大方うらなり君のおっ母さんだろう。切り下げの品格のある婦人だが、よくうらなり君に似ている。まあお上がりと云うところを、ちょっとお目にかかりたいからと、主人を玄関まで呼び出して実はこれこれだが君どこか心当りはありませんかと尋ねてみた。うらなり先生それはさぞお困りでございましょう、としばらく考えていたが、この裏町に萩野と云って老人夫婦ぎりで暮らしているものがある、いつぞや座敷を明けておいても無駄だから、たしかな人があるなら貸してもいいから周旋してくれと頼んだ事がある。今でも貸すかどうか分らんが、まあいっしょに行って聞いてみましょうと、親切に連れて行ってくれた。

その夜から萩野の家の下宿人となった。驚いたのは、おれがいか銀の座敷を引き払うと、翌日から入れ違いに野だが平気な顔をして、おれの居た部屋を占領した事だ。さすがのおれもこれにはあきれた。世の中はいかさま師ばかりで、お互に乗せっこをしているのかも知れない。いやになった。

世間がこんなものなら、おれも負けない気で、世間並にしなくちゃ、遣りきれない訳になる。巾着切(きんちゃくきり)の上前をはねなければ三度のご膳が戴けないと、事が極(き)まればこうして、生きてるのも考え物だ。と云ってぴんぴんした達者なからだで、首を縊っちゃ先祖へ済まない上に、外聞が悪い。考えると物理学校などへはいって、数学なんて役にも立たない芸を覚えるよりも、六百円を資本にして牛乳屋でも始めればよかった。そうすれば清もおれの傍を離れずに済むし、おれも遠くから婆さんの事を心配しずに暮される。いっしょに居るうちは、そうでもなかったが、こうして田舎へ来てみると清はやっぱり善人だ。あんな気立のいい女は日本中さがして歩いたってめったにはない。婆さん、おれの立つときに、少々風邪を引いていたが今頃はどうしてるか知らん。先だっての手紙を見たらさぞ喜んだろう。それにしても、もう返事がきそうなものだが――おれはこんな事ばかり考えて二三日暮していた。

気になるから、宿のお婆さんに、東京から手紙は来ませんかと時々尋ねてみるが、聞くたんびに何にも参りませんと気の毒そうな顔をする。ここの夫婦はいか銀とは違って、もとが士族だけに双方共上品だ。爺さんが夜るになると、変な声を出して謡をうたうには閉口するが、いか銀のようにお茶を入れましょうと無暗に出て来ないから大きに楽だ。お婆さんは時々部屋へ来ていろいろな話をする。どうして奥さんをお連れなさって、いっしょにお出でなんだのぞなもしなどと質問をする。奥さんがあるように見えますかね。可哀想にこれでもまだ二十四ですぜと云ったらそれでも、あなた二十四で奥さんがおありなさるのは当り前ぞなもしと冒頭を置いて、どこの誰さんは二十でお嫁をお貰いたの、どこの何とかさんは二十二で子供を二人お持ちたのと、何でも例を半ダースばかり挙げて反駁を試みたには恐れ入った。それじゃ僕も二十四でお嫁をお貰いるけれ、世話をしておくれんかなと田舎言葉を真似て頼んでみたら、お婆さん正直に本当かなもしと聞いた。

「本当の本当（ほんま）のって僕あ、嫁が貰いたくって仕方がないんだ」

「そうじゃろうがな、もし。若いうちは誰もそんなものじゃけれ」この挨拶には痛み入って返事が出来なかった。

「しかし先生はもう、お嫁がおありなさるに極（きま）っとらい。私はちゃんと、もう、睨（ね）らんどるぞなもし」

「へえ、活眼だね。どうして、睨らんどるんですか」

「どうしててて。東京から便りはないか、便りはないかてて、毎日便りを待ち焦がれておいでるじやないかなもし」

「こいつあ驚いた。大変な活眼だ」

「中(あた)りましたろうがな、もし」

「そうですね。中ったかも知れませんよ」

「しかし今時の女子は、昔と違うて油断が出来んけれ、お気をお付けたがええぞなもし」

「何ですかい、僕の奥さんが東京で間男でもこしらえていますすかい」

「いいえ、あなたの奥さんはたしかじゃけれど

「……」

「それで、やっと安心した。それじゃ何を気を付けるんですい」

「あなたのはたしか――あなたのはたしかじゃが――」

「どこに不たしかなのが居ますかね」

「ここ等にも大分居ります。先生、あの遠山のお嬢さんをご存知かなもし」

「いいえ、知りませんね」

「まだご存知ないかなもし。ここらであなた一番の別嬪さんじゃがなもし。あまり別嬪さんじゃけれ、学校の先生方はみんなマドンナマドンナと言うといでるぞなもし。まだお聞きんのかなもし」

「うん、マドンナですか。僕あ芸者の名かと思った」

「いいえ、あなた。マドンナと云うと唐人の言葉で、別嬪さんの事じゃろうがなもし」

「そうかも知れないね。驚いた」

「大方画学の先生がお付けた名ぞなもし」

「野だがつけたんですかい」

「いいえ、あの吉川先生がお付けたのじゃがなもし」

「そのマドンナが不たしかなんですかい」

「そのマドンナさんが不たしかなマドンナさんでな、もし」

「厄介だね。渾名の付いてる女にゃ昔から碌なものは居ませんからね。そうかも知れませんよ」

「ほん当にそうじゃなもし。鬼神のお松じゃの、妲己（だっき）のお百じゃのてて怖い女が居りましたなもし」

「マドンナもその同類なんですかね」

「そのマドンナさんがなもし、あなた。そらあの、あなたをここへ世話をしておくれた古賀先生なもし――あの方の所へお嫁に行く約束が出来ていたのじゃがなもし――」

「へえ、不思議なもんですね。あのうらなり君が、そんな艶福のある男とは思わなかった。人は見掛けによらない者だな。ちっと気を付けよう」

「ところが、去年あすこのお父さんが、お亡くなりて、——それまではお金もあるし、銀行の株も持ってお出でるし、万事都合がよかったのじゃが——それからというものは、どういうものか急に暮し向きが思わしくなくなって——つまり古賀さんがあまりお人が好過ぎるけれ、お騙されたんぞなもし。それや、これやでお輿入（こしいれ）も延びているところへ、あの教頭さんがお出でて、是非お嫁にほしいとお云いるのじゃがなもし」

「あの赤シャツがですか。ひどい奴だ。どうもあのシャツはただのシャツじゃないと思ってた。それから？」

「人を頼んで駆合うておみると、遠山さんでも古賀さんに義理があるから、すぐには返事は出来かねて——まあよう考えてみようぐらいの挨拶をしたのじゃがなもし。すると赤シャツさんが、手蔓を求めて遠山さんの方へ出入をおしるようになって、とうとうあなた、お嬢さんを手馴付（てなづ）けておしまいたのじゃがなもし。赤シャツさんも赤シャツさんじゃが、お嬢さんもお嬢さんじゃてて、みんなが悪るく云いますのよ。いったん古賀さんへ嫁に行くててて承知をしときながら、今さら学士さんがお出たけれ、その方に替えよてて、それじゃ今日様（こんにちさま）へ済むまいがなもし、あなた」

「全く済まないね。今日様どころか明日様にも明後日様にも、いつまで行ったって済みっこありませんね」

「それで古賀さんにお気の毒じゃてて、お友達の堀田さんが教頭の所へ意見をしにお行きたら、赤シャツさんが、あしは約束のあるものを横取りするつもりはない。破約になれば貰うかも知れんが、今のところは遠山家とただ交際をしているばかりじゃ、遠山家と交際をするには別段古賀さんに済まん事もなかろうとお云いるけれ、堀田さんも仕方がなしにお戻りたそうな。赤シャツさんと堀田さんは、それ以来折合がわるいという評判ぞなもし」

「よくいろいろな事を知ってますね。どうして、そんな詳しい事が分るんですか。感心しちまった」

「狭いけれ何でも分りますぞなもし」

分り過ぎて困るくらいだ。この容子じゃおれの天麩羅や団子の事も知ってるかも知れない。厄介な所だ。しかしお蔭様でマドンナの意味もわかるし、山嵐と赤シャツの関係もわかるし大いに後学になった。ただ困るのはどっちが悪る者だか判然しない。おれのような単純なものには白とか黒とか片づけてもらわないと、どっちへ味方をしていいか分らない。

「赤シャツと山嵐たあ、どっちがいい人ですかね」

「山嵐て何ぞなもし」

「山嵐というのは堀田の事ですよ」

「そりゃ強い事は堀田さんの方が強そうじゃけれど、しかし赤シャツさんは学士さんじゃけれ、働きはある方ぞな、もし。それから優しい事も赤シャツさんの方が優しいが、生徒の評判は堀田さんの方がええというぞなもし」

「つまりどっちがいいんですかね」

「つまり月給の多い方が豪（えら）いのじゃろうがなもし」

これじゃ聞いたって仕方がないから、やめにした。それから二三日して学校から帰るとお婆さんがにこにこして、へえお待遠さま。やっと参りました。と一本の手紙を持って来てゆっくりご覧と云って出て行った。取り上げてみると清からの便りだ。付箋が二三枚ついてるから、よく調べると、山城屋から、いか銀の方へ廻して、いか銀から、萩野へ廻って来たのである。その上山城屋では一週間ばかり逗留している。宿屋だけに手紙まで泊るつもりなんだろう。開いてみると、非常に長いもんだ。坊っちゃんの手紙を頂いてから、すぐ返事をかこうと思ったが、あいにく風邪を引いて一週間ばかり寝ていたものだから、つい遅くなって済まない。その上今時のお嬢さんのように読み書きが達者でないものだから、こんなまずい字でも、かくのによっぽど骨が折れる。甥に代筆を頼もうと思ったが、せっかくあげるのに自分でかかなくっちゃ、坊っちゃんに済まないと思って、わざわざ下たがきを一返して、それから清書をした。清書をするには二日で済んだが、下た書きをするには四日かかった。読みにくいかも知れないが、これでも一生懸命にかいたのだから、どうぞしまいまで読んでくれ。という冒頭で四尺ばかり何やらかやら認(したた)めてある。なるほど読みにくい。字がまずいばかりではない、大抵平仮名だから、どこで切れて、どこで始まるのだか句読をつけるのによっぽど骨が折れる。おれは焦(せ)っ勝ちな性分だから、こんな長くて、分りにくい手紙は、五円やるから読んでくれと頼まれても断わるのだが、この時ばかりは真面目になって、始から終まで読み通した。読み通した事は事実だが、読む方に骨が折れて、意味がつながらないから、また頭から読み直してみた。部屋のなかは少し暗くなって、前の時より見にくく、なったから、とうとう椽鼻（えんばな）へ出て腰をかけながら鄭寧（ていねい）に拝見した。すると初秋の風が芭蕉の葉を動かして、素肌に吹きつけた帰りに、読みかけた手紙を庭の方へなびかしたから、しまいぎわには四尺あまりの半切れがさらりさらりと鳴って、手を放すと、向うの生垣まで飛んで行きそうだ。おれはそんな事には構っていられない。坊っちゃんは竹を割ったような気性だが、ただ肝癪が強過ぎてそれが心配になる。――ほかの人に無暗に渾名なんか、つけるのは人に恨まれるもとになるから、やたらに使っちゃいけない、もしつけたら、清だけに手紙で知らせろ。――田舎者は人がわるいそうだから、気をつけてひどい目に遭わないようにしろ。――気候だって東京より不順に極まってるから、寝冷をして風邪を引いてはいけない。坊っちゃんの手紙はあまり短過ぎて、容子がよくわからないから、この次にはせめてこの手紙の半分ぐらいの長さのを書いてくれ。――宿屋へ茶代を五円やるのはいいが、あとで困りゃしないか、田舎へ行って頼りになるはお金ばかりだから、なるべく倹約して、万一の時に差支えないようにしなくっちゃいけない。――お小遣がなくて困るかも知れないから、為替で十円あげる。――先だって坊っちゃんからもらった五十円を、坊っちゃんが、東京へ帰って、うちを持つ時の足しにと思って、郵便局へ預けておいたが、この十円を引いてもまだ四十円あるから大丈夫だ。――なるほど女と云うものは細かいものだ。

おれが椽鼻で清の手紙をひらつかせながら、考え込んでいると、しきりの襖をあけて、萩野のお婆さんが晩めしを持ってきた。まだ見てお出でるのかなもし。えっぽど長いお手紙じゃなもし、と云ったから、ええ大事な手紙だから風に吹かしては見、吹かしては見るんだと、自分でも要領を得ない返事をして膳についた。見ると今夜も薩摩芋の煮つけだ。ここのうちは、いか銀よりも鄭寧で、親切で、しかも上品だが、惜しい事に食い物がまずい。昨日も芋、一昨日も芋で今夜も芋だ。おれは芋は大好きだと明言したには相違ないが、こう立てつづけに芋を食わされては命がつづかない。うらなり君を笑うどころか、おれ自身が遠からぬうちに、芋のうらなり先生になっちまう。清ならこんな時に、おれの好きな鮪のさし身か、蒲鉾のつけ焼を食わせるんだが、貧乏士族のけちん坊と来ちゃ仕方がない。どう考えても清といっしょでなくっちあ駄目だ。もしあの学校に長くでも居る模様なら、東京から召び寄せてやろう。天麩羅蕎麦を食っちゃならない、団子を食っちゃならない、それで下宿に居て芋ばかり食って黄色くなっていろなんて、教育者はつらいものだ。禅宗坊主だって、これよりは口に栄耀をさせているだろう。――おれは一皿の芋を平げて、机の抽斗から生卵を二つ出して、茶碗の縁でたたき割って、ようやく凌いだ。生卵ででも営養をとらなくっちゃあ一週二十一時間の授業が出来るものか。

今日は清の手紙で湯に行く時間が遅くなった。しかし毎日行きつけたのを一日でも欠かすのは心持ちがわるい。汽車にでも乗って出懸けようと、例の赤手拭をぶら下げて停車場まで来ると二三分前に発車したばかりで、少々待たなければならぬ。ベンチへ腰を懸けて、敷島（しきしま）を吹かしていると、偶然にもうらなり君がやって来た。おれはさっきの話を聞いてから、うらなり君がなおさら気の毒になった。平常から天地の間に居候をしているように、小さく構えているのがいかにも憐れに見えたが、今夜は憐れどころの騒ぎではない。

出来るならば月給を倍にして、遠山のお嬢さんと明日から結婚さして、一ヶ月ばかり東京へでも遊びにやってやりたい気がした矢先だから、やお湯ですか、さあ、こっちへお懸けなさいと威勢よく席を譲ると、うらなり君は恐れ入った体裁で、いえ構（かも）うておくれなさるな、と遠慮だか何だかやっぱり立ってる。少し待たなくっちゃ出ませんん、草臥（くたび）れますからお懸けなさいとまた勧めてみた。実はどうかして、そばへ懸けてもらいたかったくらいに気の毒でたまらない。それではお邪魔を致しましょうとようやくおれの云う事を聞いてくれた。世の中には野だみたように生意気な、出ないで済む所へ必ず顔を出す奴もいる。山嵐のようにおれが居なくっちゃ日本が困るだろうと云うような面を肩の上へ載せてる奴もいる。そうかと思うと、赤シャツのようにコスメチックと色男の問屋をもって自ら任じているのもある。教育が生きてフロックコートを着ればおれになるんだと云わぬばかりの狸もいる。皆々それ相応に威張ってるんだが、このうらなり先生のように在れどもなきがごとく、人質に取られた人形のように大人しくしているのは見た事がない。顔はふくれているが、こんな結構な男を捨てて赤シャツに靡くなんて、マドンナもよっぽど気の知れないおきゃんだ。赤シャツが何ダース寄ったって、これほど立派な旦那様が出来るもんか。

「あなたはどっか悪いんじゃありませんか。大分たいぎそうに見えますが……」

「いえ、別段これという持病もないですが……」

「そりゃ結構です。からだが悪いと人間も駄目ですね」

「あなたは大分ご丈夫のようですな」

「ええ痩せても病気はしません。病気なんてものあ大嫌いですから」

うらなり君は、おれの言葉を聞いてにやにやと笑った。

　ところへ入口で若々しい女の笑声が聞えたから、何心なく振り返ってみるとえらい奴が来た。色の白い、ハイカラ頭の、背の高い美人と、四十五六の奥さんとが並んで切符を売る窓の前に立っている。おれは美人の形容などが出来る男でないから何にも云えないが全く美人に相違ない。何だか水晶の珠を香水で暖ためて、掌へ握ってみたような心持ちがした。年寄の方が背は低い。しかし顔はよく似ているから親子だろう。おれは、や、来たなと思う途端に、うらなり君の事は全然忘れて、若い女の方ばかり見ていた。すると、うらなり君が突然おれの隣から、立ち上がって、そろそろ女の方へ歩き出したんで、少し驚いた。マドンナじゃないかと思った。三人は切符所の前で軽く挨拶している。遠いから何を云ってるのか分らない。

停車場の時計を見るともう五分で発車だ。早く汽車がくればいいがなと、話し相手が居なくなったので待ち遠しく思っていると、また一人あわてて場内へ馳け込んで来たものがある。見れば赤シャツだ。何だかべらべら然たる着物へ縮緬の帯をだらしなく巻き付けて、例の通り金鎖りをぶらつかしている。あの金鎖りは贋物である。赤シャツは誰も知るまいと思って、見せびらかしているが、おれはちゃんと知ってる。赤シャツは馳け込んだなり、何かきょろきょろしていたが、切符売下所（うりさげじょ）の前に話している三人へ慇懃にお辞儀をして、何か二こと、三こと、云ったと思ったら、急にこっちへ向いて、例のごとく猫足にあるいて来て、や君も湯ですか、僕は乗り後れやしないかと思って心配して急いで来たら、まだ三四分ある。あの時計はたしかかしらんと、自分の金側（きんがわ）を出して、二分ほどちがってると云いながら、おれの傍へ腰を卸した。女の方はちっとも見返らないで杖の上に顋（あご）をのせて、正面ばかり眺めている。年寄の婦人は時々赤シャツを見るが、若い方は横を向いたままである。いよいよマドンナに違いない。

　やがて、ピューと汽笛が鳴って、車がつく。待ち合せた連中はぞろぞろ我れ勝に乗り込む。赤シャツはいの一号に上等へ飛び込んだ。上等へ乗ったって威張れるどころではない、住田（すみた）まで上等が五銭で下等が三銭だから、わずか二銭違いで上下の区別がつく。こういうおれでさえ上等を奮発して白切符を握ってるんでもわかる。もっとも田舎者はけちだから、たった二銭の出入でもすこぶる苦になると見えて、大抵は下等へ乗る。赤シャツのあとからマドンナとマドンナのお袋が上等へはいり込んだ。うらなり君は活版で押したように下等ばかりへ乗る男だ。先生、下等の車室の入口へ立って、何だか躊躇の体であったが、おれの顔を見るや否や思いきって、飛び込んでしまった。おれはこの時何となく気の毒でたまらなかったから、うらなり君のあとから、すぐ同じ車室へ乗り込んだ。上等の切符で下等へ乗るに不都合はなかろう。

　温泉へ着いて、三階から、浴衣のなりで湯壺へ下りてみたら、またうらなり君に逢った。おれは会議や何かでいざと極まると、喉が塞がって饒舌（しゃべ）れない男だが、平常は随分弁ずる方だから、いろいろ湯壺のなかでうらなり君に話しかけてみた。何だか憐れぽくってたまらない。こんな時に一口でも先方の心を慰めてやるのは、江戸っ子の義務だと思ってる。ところがあいにくうらなり君の方では、うまい具合にこっちの調子に乗ってくれない。何を云っても、えとかいえとかぎりで、しかもそのえといえが大分面倒らしいので、しまいにはとうとう切り上げて、こっちからご免蒙った。

湯の中では赤シャツに逢わなかった。もっとも風呂の数はたくさんあるのだから、同じ汽車で着いても、同じ湯壺で逢うとは極まっていない。別段不思議にも思わなかった。風呂を出てみるといい月だ。町内の両側に柳が植（うわ）って、柳の枝が丸るい影を往来の中へ落している。少し散歩でもしよう。北へ登って町のはずれへ出ると、左に大きな門があって、門の突き当りがお寺で、左右が妓楼である。山門のなかに遊郭があるなんて、前代未聞の現象だ。ちょっとはいってみたいが、また狸から会議の時にやられるかも知れないから、やめて素通りにした。門の並びに黒い暖簾をかけた、小さな格子窓の平屋はおれが団子を食って、しくじった所だ。丸提灯に汁粉、お雑煮とかいたのがぶらさがって、提灯の火が、軒端に近い一本の柳の幹を照らしている。食いたいなと思ったが我慢して通り過ぎた。

食いたい団子の食えないのは情ない。しかし自分の許嫁(いいなずけ)が他人に心を移したのは、なお情ないだろう。うらなり君の事を思うと、団子は愚か、三日ぐらい断食しても不平はこぼせない訳だ。本当に人間ほどあてにならないものはない。あの顔を見ると、どうしたって、そんな不人情な事をしそうには思えないんだが――うつくしい人が不人情で、冬瓜の水膨れのような古賀さんが善良な君子なのだから、油断が出来ない。淡泊だと思った山嵐は生徒を煽動したと云うし。生徒を煽動したのかと思うと、生徒の処分を校長に逼（せま）るし。厭味で練りかためたような赤シャツが存外親切で、おれに余所（よそ）ながら注意をしてくれるかと思うと、マドンナを胡魔化したり、胡魔化したのかと思うと、古賀の方が破談にならなければ結婚は望まないんだと云うし。いか銀が難癖をつけて、おれを追い出すかと思うと、すぐ野だ公が入れ替ったり——どう考えてもあてにならない。こんな事を清にかいてやったら定めて驚く事だろう。箱根の向うだから化物が寄り合ってるんだと云うかも知れない。

おれは、性来構わない性分だから、どんな事でも苦にしないで今日まで凌いで来たのだが、ここへ来てからまだ一ヶ月立つか、立たないうちに、急に世のなかを物騒に思い出した。別段際だった大事件にも出逢わないのに、もう五つ六つ年を取ったような気がする。早く切り上げて東京へ帰るのが一番よかろう。などとそれからそれへ考えて、いつか石橋を渡って野芹川（のぜりがわ）の堤へ出た。川と云うとえらそうだが実は一間ぐらいな、ちょろちょろした流れで、土手に沿うて十二丁ほど下ると相生村（あいおいむら）へ出る。村には観音様がある。

温泉の町を振り返ると、赤い灯が、月の光の中にかがやいている。太鼓が鳴るのは遊廓に相違ない。川の流れは浅いけれども早いから、神経質の水のようにやたらに光る。ぶらぶら土手の上をあるきながら、約三丁も来たと思ったら、向うに人影が見え出した。月に透かしてみると影は二つある。温泉へ来て村へ帰る若い衆かも知れない。それにしては唄もうたわない。存外静かだ。

　だんだん歩いて行くと、おれの方が早足だと見えて、二つの影法師が、次第に大きくなる。一人は女らしい。おれの足音を聞きつけて、十間ぐらいの距離に逼った時、男がたちまち振り向いた。月は後からさしている。その時おれは男の様子を見て、はてなと思った。男と女はまた元の通りにあるき出した。おれは考えがあるから、急に全速力で追っ懸けた。先方は何の気もつかずに最初の通り、ゆるゆる歩を移している。今は話し声も手に取るように聞える。土手の幅は六尺ぐらいだから、並んで行けば三人がようやくだ。おれは苦もなく後ろから追い付いて、男の袖を擦り抜けざま、二足前へ出した踝（くびす）をぐるりと返して男の顔を覗き込んだ。月は正面からおれの五分刈の頭から顋の辺りまで、会釈もなく照らす。男はあっと小声に云ったが、急に横を向いて、もう帰ろうと女を促がすが早いか、温泉の町の方へ引き返した。

赤シャツは図太くて胡魔化すつもりか、気が弱くて名乗り損なったのかしら。ところが狭くて困ってるのは、おればかりではなかった。

八

赤シャツに勧められて釣に行った帰りから、山嵐を疑ぐり出した。無い事を種に下宿を出ろと云われた時は、いよいよ不埒な奴だと思った。ところが会議の席では案に相違して滔々（とうとう）と生徒厳罰論を述べたから、おや変だなと首を捩った。萩野の婆さんから、山嵐が、うらなり君のために赤シャツと談判をしたと聞いた時は、それは感心だと手を拍（う）った。この様子ではわる者は山嵐じゃあるまい、赤シャツの方が曲ってるんで、好加減な邪推を実（まこと）しやかに、しかも遠廻しに、おれの頭の中へ浸み込ましたのではあるまいかと迷ってる矢先へ、野芹川（のぜりがわ）の土手で、マドンナを連れて散歩なんかしている姿を見たから、それ以来赤シャツは曲者だと極（き）めてしまった。曲者だか何だかよくは分らないが、ともかくも善い男じゃない。表と裏とは違った男だ。人間は竹のように真直でなくっちゃ頼もしくない。真直なものは喧嘩をしても心持ちがいい。赤シャツのようなやさしいのと、親切なのと、高尚なのと、琥珀のパイプとを自慢そうに見せびらかすのは油断が出来ない、めったに喧嘩も出来ないと思った。喧嘩をしても、回向院（えこういん）の相撲のような心持ちのいい喧嘩は出来ないと思った。そうなると一銭五厘の出入で控所全体を驚かした議論の相手の山嵐の方がはるかに人間らしい。会議の時に金壺眼（かなつぼまなこ）をぐりつかせて、おれを睨めた時は憎い奴だと思ったが、あとで考えると、それも赤シャツのねちねちした猫撫声よりはましだ。実はあの会議が済んだあとで、よっぽど仲直りをしようかと思って、一こと二こと話しかけてみたが、野郎返事もしないで、まだ眼を剥（むく）ってみせたから、こっちも腹が立ってそのままにしておいた。

それ以来山嵐はおれと口を利かない。机の上へ返した一銭五厘はいまだに机の上に乗っている。ほこりだらけになって乗っている。おれは無論手が出せない、山嵐は決して持って帰らない。この一銭五厘が二人の間の障壁になって、おれは話そうと思っても話せない、山嵐は頑として黙ってる。

おれと山嵐には一銭五厘が祟った。しまいには学校へ出て一銭五厘を見るのが苦になった。

山嵐とおれが絶交の姿となったに引き易（か）えて、赤シャツとおれは依然として在来の関係を保って、交際をつづけている。野芹川で逢った翌日などは、学校へ出ると第一番におれの傍へ来て、君今度の下宿はいいですかのまたいっしょに露西亜（ロシア）文学を釣りに行こうじゃないかのといろいろな事を話しかけた。おれは少々憎らしかったから、昨夜は二返逢いましたねと云ったら、ええ停車場で――君はいつでもあの時分出掛けるのですか、遅いじゃないかと云う。野芹川の土手でもお目に懸りましたねと喰らわしてやったら、いいえ僕はあっちへは行かない、湯にはいって、すぐ帰ったと答えた。何もそんなに隠さないでもよかろう、現に逢ってるんだ。よく嘘をつく男だ。これで中学の教頭が勤まるなら、おれなんか大学総長がつとまる。おれはこの時からいよいよ赤シャツを信用しなくなった。信用しない赤シャツとは口をきいて、感心している山嵐とは話をしない。世の中は随分妙なものだ。

ある日の事赤シャツがちょっと君に話があるから、僕のうちまで来てくれと云うから、惜しいと思ったが温泉行きを欠勤して四時頃出掛けて行った。赤シャツは一人ものだが、教頭だけに下宿はとくの昔に引き払って立派な玄関を構えている。家賃は九円五拾銭だそうだ。田舎へ来て九円五拾銭払えばこんな家へはいれるなら、おれも一つ奮発して、東京から清を呼び寄せて喜ばしてやろうと思ったくらいな玄関だ。頼むと云ったら、赤シャツの弟が取次に出て来た。この弟は学校で、おれに代数と算術を教わる至って出来のわるい子だ。その癖渡りものだから、生れ付いての田舎者よりも人が悪るい。

赤シャツに逢って用事を聞いてみると、大将例の琥珀のパイプで、きな臭い烟草をふかしながら、こんな事を云った。「君が来てくれてから、前任者の時代よりも成績がよくあがって、校長も大いにいい人を得たと喜んでいるので――どうか学校でも信頼しているのだから、そのつもりで勉強していただきたい」

「へえ、そうですか、勉強って今より勉強は出来ませんが――」

「今のくらいで充分です。ただ先だってお話しした事ですね、あれを忘れずにいて下されればいいのです」

「下宿の世話なんかするものあ剣呑だという事ですか」

「そう露骨に云うと、意味もない事になるが——まあ善いさ——精神は君にもよく通じている事と思うから。そこで君が今のように出精して下されば、学校の方でも、ちゃんと見ているんだから、もう少しして都合さえつけば、待遇の事も多少はどうにかなるだろうと思うんですがね」

「へえ、俸給ですか。俸給なんかどうでもいいんですが、上がれば上がった方がいいですね」

「それで幸い今度転任者が一人出来るから――もっとも校長に相談してみないと無論受け合えない事だが――その俸給から少しは融通が出来るかも知れないから、それで都合をつけるように校長に話してみようと思うんですがね」

「どうも難有う。だれが転任するんですか」

「もう発表になるから話しても差し支えないでし

よう。実は古賀君です」

「古賀さんは、だってここの人じゃありませんか」

「ここの地の人ですが、少し都合があって——半分は当人の希望です」

「どこへ行くんです」

「日向（ひゅうが）の延岡（のべおか）で——土地が土地だから一級俸上って行く事になりました」

「誰か代りが来るんですか」

「代りも大抵極まってるんです。その代りの具合で君の待遇上の都合もつくんです」

「はあ、結構です。しかし無理に上がらないでも構いません」

「とも角も僕は校長に話すつもりです。それで校長も同意見らしいが、追っては君にもっと働いて頂かなくってはならんようになるかも知れないから、どうか今からそのつもりで覚悟をしてやってもらいたいですね」

「今より時間でも増すんですか」

「いいえ、時間は今より減るかも知れませんが——
——」

「時間が減って、もっと働くんですか、妙だな」

「ちょっと聞くと妙だが、——判然とは今言いにくいが——まあつまり、君にもっと重大な責任を持ってもらうかも知れないという意味なんです」

おれには一向分らない。今より重大な責任と云えば、数学の主任だろうが、主任は山嵐だから、やっこさんなかなか辞職する気遣いはない。それに、生徒の人望があるから転任や免職は学校の得策であるまい。赤シャツの談話はいつでも要領を得ない。要領を得なくっても用事はこれで済んだ。それから少し雑談をしているうちに、うらなり君の送別会をやる事や、ついてはおれが酒を飲むかと云う問や、うらなり先生は君子で愛すべき人だと云う事や——赤シャツはいろいろ弁じた。しまいに話をかえて君俳句をやりますかと来たから、こいつは大変だと思って、俳句はやりません、さようならと、そこそこに帰って来た。発句（ほっく）は芭蕉か髪結床（かみゆいどこ）の親方のやるもんだ。数学の先生が朝顔やに釣瓶（つるべ）をとられてたまるものか。

帰ってうんと考え込んだ。世間には随分気の知れない男が居る。家屋敷はもちろん、勤める学校に不足のない故郷がいやになったからと云って、知らぬ他国へ苦労を求めに出る。それも花の都の電車が通ってる所なら、まだしもだが、日向の延岡とは何の事だ。おれは船つきのいいここへ来てさえ、一ヶ月立たないうちにもう帰りたくなった。延岡と云えば山の中も山の中も大変な山の中だ。赤シャツの云うところによると船から上がって、一日馬車へ乗って、宮崎へ行って、宮崎からまた一日車へ乗らなくっては着けないそうだ。名前を聞いてさえ、開けた所とは思えない。猿と人とが半々に住んでるような気がする。いかに聖人のうらなり君だって、好んで猿の相手になりたくもないだろうに、何という物数寄だ。

　ところへあいかわらず婆さんが夕食を運んで出る。今日もまた芋ですかいと聞いてみたら、いえ今日はお豆腐ぞなもしと云った。どっちにしたって似たものだ。

「お婆さん古賀さんは日向へ行くそうですね」

「ほん当にお気の毒じゃな、もし」

「お気の毒だって、好んで行くんなら仕方がないですね」

「好んで行くて、誰がぞなもし」

「誰がぞなもしって、当人がさ。古賀先生が物数奇に行くんじゃありませんか」

「そりゃあなた、大違いの勘五郎ぞなもし」

「勘五郎かね。だって今赤シャツがそう云いましたぜ。それが勘五郎なら赤シャツは嘘つきの法螺右衛門（ほらえもん）だ」

「教頭さんが、そうお云いるのはもっともじゃが、古賀さんのお往きともないのももっともぞなもし」

「そんなら両方もっともなんですね。お婆さんは公平でいい。一体どういう訳なんですい」

「今朝古賀のお母さんが見えて、だんだん訳をお話したがなもし」

「どんな訳をお話したんです」

「あそこもお父さんがお亡くなりてから、あたし達が思うほど暮し向きが豊かになうてお困りじゃけれ、お母さんが校長さんにお頼みて、もう四年も勤めているものじゃけれ、どうぞ毎月頂くものを、今少しふやしておくれんかてて、あなた」

「なるほど」

「校長さんが、ようまあ考えてみとこうとお云いたげな。それでお母さんも安心して、今に増給のご沙汰があろぞ、今月か来月かと首を長くして待っておいでたところへ、校長さんがちょっと来てくれと古賀さんにお云いるけれ、行ってみると、気の毒だが学校は金が足りんけれ、月給を上げる訳にゆかん。しかし延岡になら空いた口があって、そっちなら毎月五円余分にとれるから、お望み通りでよかろうと思うて、その手続きにしたから行くがええと云われたげな。――」

「じゃ相談じゃない、命令じゃありませんか」

「さよ。古賀さんはよそへ行って月給が増すより、元のままでもええから、ここに居りたい。屋敷もあるし、母もあるからとお頼みたけれども、もうそう極めたあとで、古賀さんの代りは出来ているけれ仕方がないと校長がお云いたげな」

「へん人を馬鹿にしてら、面白くもない。じゃ古賀さんは行く気はないんですね。どうれで変だと思った。五円ぐらい上がったって、あんな山の中へ猿のお相手をしに行く唐変木（とうへんぼく）はまずないからね」

「唐変木て、先生なんぞなもし」

「何でもいいでさあ、――全く赤シャツの作略（さりゃく）だね。よくない仕打だ。まるで欺撃（だましうち）ですね。それでおれの月給を上げるなんて、不都合な事があるものか。上げてやるったって、誰が上がってやるものか」

「先生は月給がお上りるのかなもし」

「上げてやるって云うから、断わろうと思うんです」

「何で、お断わりるのぞなもし」

「何でもお断わりだ。お婆さん、あの赤シャツは馬鹿ですぜ。卑怯でさあ」

「卑怯でもあんた、月給を上げておくれたら、大人しく頂いておく方が得ぞなもし。若いうちはよく腹の立つものじゃが、年をとってから考えると、も少しの我慢じゃあったのに惜しい事をした。腹立てたためにこないな損をしたと悔むのが当り前じゃけれ、お婆の言う事をきいて、赤シャツさんが月給をあげてやろとお言いたら、難有（ありがと）うと受けておおきなさいや」

「年寄りの癖に余計な世話を焼かなくってもいい。おれの月給は上がろうと下がろうとおれの月給だ」

婆さんはだまって引き込んだ。爺さんは呑気な声を出して謡（うたい）をうたってる。謡というものは読んでわかる所を、やにむずかしい節をつけて、わざと分らなくする術だろう。あんな者を毎晩飽きずに唸る爺さんの気が知れない。おれは謡どころの騒ぎじゃない。月給を上げてやろうと云うから、別段欲しくもなかったが、入らない金を余しておくのももったいないと思って、よろしいと承知したのだが、転任したくないものを無理に転任させてその男の月給の上前を跳ねるなんて不人情な事が出来るものか。当人がもとの通りでいいと云うのに延岡下（くんだ）りまで落ちさせるとは一体どう云う了見だろう。太宰権帥（だざいごんのそつ）でさえ博多近辺で落ちついたものだ。河合又五郎（かあいまたごろう）だって相良（さがら）でとまってるじゃないか。とにかく赤シャツの所へ行って断わって来なくっちゃあ気が済まない。

　小倉（こくら）の袴をつけてまた出掛けた。大きな玄関へ突っ立って頼むと云うと、また例の弟が取次に出て来た。おれの顔を見てまた来たかという眼付をした。用があれば二度だって三度だって来る。よる夜なかだって叩き起さないとは限らない。教頭の所へご機嫌伺いにくるようなおれと見損ってるか。これでも月給が入らないから返しに来んだ。すると弟が今来客中だと云うから、玄関でいいからちょっとお目にかかりたいと云ったら奥へ引き込んだ。足元を見ると、畳付きの薄っぺらな、のめりの駒下駄がある。奥でもう万歳ですよと云う声が聞える。お客とは野だだなと気がついた。野だでなくては、あんな黄色い声を出して、こんな芸人じみた下駄を穿くものはない。

しばらくすると、赤シャツがランプを持って玄関まで出て来て、まあ上がりたまえ、外の人じゃない吉川君だ、と云うから、いえここでたくさんです。ちょっと話せばいいんです、と云って、赤シャツの顔を見ると金時のようだ。野だ公と一杯飲んでると見える。

「さっき僕の月給を上げてやるというお話でしたが、少し考えが変ったから断わりに来たんです」

赤シャツはランプを前へ出して、奥の方からおれの顔を眺めたが、とっさの場合返事をしかねて茫然としている。増給を断わる奴が世の中にたった一人飛び出して来たのを不審に思ったのか、断わるにしても、今帰ったばかりで、すぐ出直してこなくってもよさそうなものだと、呆れ返ったのか、または双方合併したのか、妙な口をして突っ立ったままである。

「あの時承知したのは、古賀君が自分の希望で転任するという話でしたからで……」

「古賀君は全く自分の希望で半ば転任するんです」

「そうじゃないんです、ここに居たいんです。元の月給でもいいから、郷里に居たいのです」

「君は古賀君から、そう聞いたのですか」

「そりゃ当人から、聞いたんじゃありません」

「じゃ誰からお聞きです」

「僕の下宿の婆さんが、古賀さんのおっ母さんから聞いたのを今日僕に話したのです」

「じゃ、下宿の婆さんがそう云ったのですね」

「まあそうです」

「それは失礼ながら少し違うでしょう。あなたのおっしゃる通りだと、下宿屋の婆さんの云う事は信ずるが、教頭の云う事は信じないと云うように聞えるが、そういう意味に解釈して差支えないでしょうか」

おれはちょっと困った。文学士なんてものはやっぱりえらいものだ。妙な所へこだわって、ねちねち押し寄せてくる。おれはよく親父から貴様はそそっかしくて駄目だ駄目だと云われたが、なるほど少々そそっかしいようだ。婆さんの話を聞いてはっと思って飛び出して来たが、実はうらなり君にもうらなりのおっ母さんにも逢って詳しい事情は聞いてみなかったのだ。だからこう文学士流に斬り付けられると、ちょっと受け留めにくい。

正面からは受け留めにくいが、おれはもう赤シャツに対して不信任を心の中で申し渡してしまった。下宿の婆さんもけちん坊の欲張り屋に相違ないが、嘘は吐かない女だ、赤シャツのように裏表はない。おれは仕方がないから、こう答えた。

「あなたの云う事は本当かも知れないですが——とにかく増給はご免蒙ります」

「それはますます可笑しい。今君がわざわざお出になったのは増俸を受けるには忍びない、理由を見出したからのように聞えたが、その理由が僕の説明で取り去られたにもかかわらず増俸を否まれるのは少し解しかねるようですね」

「解しかねるかも知れませんがね。とにかく断わりますよ」

「そんなに否なら強いてとまでは云いませんが、そう二三時間のうちに、特別の理由もないのに豹変しちゃ、将来君の信用にかかわる」

「かかわっても構わないです」

「そんな事はないはずです、人間に信用ほど大切なものはありませんよ。よしんば今一歩譲って、下宿の主人が……」

「主人じゃない、婆さんです」

「どちらでもよろしい。下宿の婆さんが君に話した事を事実としたところで、君の増給は古賀君の所得を削って得たものではないでしょう。古賀君は延岡へ行かれる。その代りがくる。その代りが古賀君よりも多少低給で来てくれる。その剰余を君に廻わすと云うのだから、君は誰にも気の毒がる必要はないはずです。古賀君は延岡でただ今よりも栄進される。新任者は最初からの約束で安くくる。それで君が上がられれば、これほど都合のいい事はないと思うですがね。いやなら否でもいいが、もう一返うちでよく考えてみませんか」

おれの頭はあまりえらくないのだから、いつもなら、相手がこういう功妙な弁舌を揮（ふる）えば、おやそうかな、それじゃ、おれが間違ってたと恐れ入って引きさがるのだけれども、今夜はそうは行かない。ここへ来た最初から赤シャツは何だか虫が好かなかった。途中で親切な女みたような男だと思い返した事はあるが、それが親切でも何でもなさそうなので、反動の結果今じゃよっぽど厭になっている。だから先がどれほどうまく論理的に弁論を逞しくしようとも、堂々たる教頭流におれを遣り込めようとも、そんな事は構わない。議論のいい人が善人とはきまらない。遣り込められる方が悪人とは限らない。表向きは赤シャツの方が重々もっともだが、表向きがいくら立派だって、腹の中まで惚れさせる訳には行かない。金や威力や理屈で人間の心が買える者なら、高利貸でも巡査でも大学教授でも一番人に好かれなくてはならない。中学の教頭ぐらいな論法でおれの心がどう動くものか。人間は好き嫌いで働くものだ。論法で働くものじゃない。

「あなたの云う事はもっともですが、僕は増給がいやになったんですから、まあ断わります。考えたって同じ事です。さようなら」と云いすてて門を出た。頭の上には天の川が一筋かかっている。

九

うらなり君の送別会のあるという日の朝、学校へ出たら、山嵐が突然、君先だってはいか銀が来て、君が乱暴して困るから、どうか出るように話してくれと頼んだから、真面目に受けて、君に出てやれと話したのだが、あとから聞いてみると、あいつは悪るい奴で、よく偽筆へ贋落款(にせらっかん)などを押して売りつけるそうだから、全く君の事も出鱈目に違いない。君に懸物や骨董を売りつけて、商売にしようと思ってたところが、君が取り合わないで儲けがないものだから、あんな作りごとをこしらえて胡魔化したのだ。僕はあの人物を知らなかったので君に大変失敬した勘弁したまえと長々しい謝罪をした。

おれは何とも云わずに、山嵐の机の上にあった、一銭五厘をとって、おれの蝦蟇口のなかへ入れた。山嵐は君それを引き込めるのかと不審そうに聞くから、うんおれは君に奢られるのが、いやだったから、是非返すつもりでいたが、その後だんだん考えてみると、やっぱり奢ってもらう方がいいようだから、引き込ますんだと説明した。山嵐は大きな声をしてアハハハと笑いながら、そんなら、なぜ早く取らなかったのだと聞いた。実は取ろう取ろうと思ってたが、何だか妙だからそのままにしておいた。近来は学校へ来て一銭五厘を見るのが苦になるくらいいやだったと云ったら、君はよっぽど負け惜しみの強い男だと云うから、君はよっぽど剛情張りだと答えてやった。それから二人の間にこんな問答が起った。

「君は一体どこの産だ」

「おれは江戸っ子だ」

「うん、江戸っ子か、道理で負け惜しみが強いと思った」

「きみはどこだ」

「僕は会津だ」

「会津っぽか、強情な訳だ。今日の送別会へ行くのかい」

「行くとも、君は？」

「おれは無論行くんだ。古賀さんが立つ時は、浜まで見送りに行こうと思ってるくらいだ」

「送別会は面白いぜ、出て見たまえ。今日は大いに飲むつもりだ」

「勝手に飲むがいい。おれは肴を食ったら、すぐ帰る。酒なんか飲む奴は馬鹿だ」

「君はすぐ喧嘩を吹き懸ける男だ。なるほど江戸っ子の軽跳な風を、よく、あらわしてる」

「何でもいい、送別会へ行く前にちょっとおれのうちへお寄り、話しがあるから」

　山嵐は約束通りおれの下宿へ寄った。おれはこの間から、うらなり君の顔を見る度に気の毒でたまらなかったが、いよいよ送別の今日となったら、何だか憐れっぽくって、出来る事なら、おれが代りに行ってやりたい様な気がしだした。それで送別会の席上で、大いに演説でもしてその行を盛にしてやりたいと思うのだが、おれのべらんめえ調子じゃ、到底物にならないから、大きな声を出す山嵐を雇って、一番赤シャツの荒肝を挫（ひし）いでやろうと考え付いたから、わざわざ山嵐を呼んだのである。

　おれはまず冒頭としてマドンナ事件から説き出したが、山嵐は無論マドンナ事件はおれより詳しく知っている。おれが野芹川（のぜりがわ）の土手の話をして、あれは馬鹿野郎だと云ったら、山嵐は君はだれを捕まえても馬鹿呼わりをする。今日学校で自分の事を馬鹿と云ったじゃないか。自分が馬鹿なら、赤シャツは馬鹿じゃない。自分は赤シャツの同類じゃないと主張した。それじゃ赤シャツは腑抜けの呆助だと云ったら、そうかもしれないと山嵐は大いに賛成した。山嵐は強い事は強いが、こんな言葉になると、おれより遥かに字を知っていない。会津っぽなんてものはみんな、こんな、ものなんだろう。

それから増給事件と将来重く登用すると赤シャツが云った話をしたら山嵐はふふんと鼻から声を

出して、それじゃ僕を免職する考えだなと云った。免職するつもりだって、君は免職になる気かと聞いたら、誰がなるものか、自分が免職になるなら、赤シャツもいっしょに免職させてやると大いに威張った。どうしていっしょに免職させる気かと押し返して尋ねたら、そこはまだ考えていないと答えた。山嵐は強そうだが、智慧はあまりなさそうだ。おれが増給を断わったと話したら、大将大きに喜んでさすが江戸っ子だ、えらいと賞めてくれた。

うらなりが、そんなに厭がっているなら、なぜ留任の運動をしてやらなかったと聞いてみたら、うらなりから話を聞いた時は、既にきまってしまって、校長へ二度、赤シャツへ一度行って談判してみたが、どうする事も出来なかったと話した。それについても古賀があまり好人物過ぎるから困る。赤シャツから話があった時、断然断わるか、一応考えてみますと逃げればいいのに、あの弁舌に胡魔化されて、即席に許諾したものだから、あとからお母さんが泣きついても、自分が談判に行っても役に立たなかったと非常に残念がった。

今度の事件は全く赤シャツが、うらなりを遠ざけて、マドンナを手に入れる策略なんだろうとおれが云ったら、無論そうに違いない。あいつは大人しい顔をして、悪事を働いて、人が何か云うと、ちゃんと逃道を拵えて待ってるんだから、よっぽど奸物だ。あんな奴にかかっては鉄拳制裁でなくっちゃ利かないと、瘤だらけの腕をまくってみせた。おれはついでだから、君の腕は強そうだな柔術でもやるかと聞いてみた。すると大将二の腕へ力瘤を入れて、ちょっと攫（つか）んでみろと云うから、指の先で揉んでみたら、何の事はない湯屋にある軽石の様なものだ。

　おれはあまり感心したから、君そのくらいの腕なら、赤シャツの五人や六人は一度に張り飛ばされるだろうと聞いたら、無論さと云いながら、曲げた腕を伸ばしたり、縮ましたりすると、力瘤がぐるりぐるりと皮のなかで回転する。すこぶる愉快だ。山嵐の証明する所によると、かんじん綯(よ)りを二本より合せて、この力瘤の出る所へ巻きつけて、うんと腕を曲げると、ぷつりと切れるそうだ。かんじんよりなら、おれにも出来そうだと云ったら、出来るものか、出来るならやってみろと来た。切れないと外聞がわるいから、おれは見合せた。

君どうだ、今夜の送別会に大いに飲んだあと、赤シャツと野だを撲（なぐ）ってやらないかと面白半分に勧めてみたら、山嵐はそうだなと考えていたが、今夜はまあよそうと云った。なぜと聞くと、今夜は古賀に気の毒だから――それにどうせ撲るくらいなら、あいつらの悪るい所を見届けて現場で撲らなくっちゃ、こっちの落度になるからと、分別のありそうな事を附加（つけた）した。山嵐でもおれよりは考えがあると見える。

じゃ演説をして古賀君を大いにほめてやれ、おれがすると江戸っ子のぺらぺらになって重みがなくていけない。そうして、きまった所へ出ると、急に溜飲が起って咽喉の所へ、大きな丸が上がって来て言葉が出ないから、君に譲るからと云ったら、妙な病気だな、じゃ君は人中じゃ口は利けないんだね、困るだろう、と聞くから、何そんなに困りゃしないと答えておいた。

そうこうするうち時間が来たから、山嵐と一所に会場へ行く。会場は花晨亭（かしんてい）といって、当地で第一等の料理屋だそうだが、おれは一度も足を入れた事がない。もとの家老とかの屋敷を買い入れて、そのまま開業したという話だが、なるほど見懸けからして厳めしい構えだ。家老の屋敷が料理屋になるのは、陣羽織を縫い直して、胴着にする様なものだ。

二人が着いた頃には、人数ももう大概揃って、五十畳の広間に二つ三つ人間の塊が出来ている。

五十畳だけに床は素敵に大きい。おれが山城屋で占領した十五畳敷の床とは比較にならない。尺を取ってみたら二間あった。右の方に、赤い模様のある瀬戸物の甕を据えて、その中に松の大きな枝が挿してある。松の枝を挿して何にする気か知らないが、何ヶ月立っても散る気遣いがないから、銭が懸らなくって、よかろう。あの瀬戸物はどこで出来るんだと博物の教師に聞いたら、あれは瀬戸物じゃありません、伊万里ですと云った。伊万里だって瀬戸物じゃないかと、云ったら、博物はえへへへへと笑っていた。あとで聞いてみたら、瀬戸で出来る焼物だから、瀬戸と云うのだそうだ。おれは江戸っ子だから、陶器の事を瀬戸物というのかと思っていた。床の真中に大きな懸物があって、おれの顔くらいな大きさな字が二十八字かいてある。どうも下手なものだ。あんまり不味いから、漢学の先生に、なぜあんなまずいものを麗々と懸けておくんですと尋ねたところ、先生はあれは海屋（かいおく）といって有名な書家のかいた者だと教えてくれた。海屋だか何だか、おれは今だに下手だと思っている。

やがて書記の川村がどうかお着席をと云うから、柱があって靠（よ）りかかるのに都合のいい所へ坐った。海屋の懸物の前に狸が羽織、袴で着席すると、左に赤シャツが同じく羽織袴で陣取った。右の方は主人公だというのでうらなり先生、これも日本服で控えている。おれは洋服だから、かしこまるのが窮屈だったから、すぐ胡坐（あぐら）をかいた。隣りの体操教師は黒ずぼんで、ちゃんとかしこまっている。体操の教師だけにいやに修行が積んでいる。やがてお膳が出る。徳利が並ぶ。幹事が立って、一言開会の辞を述べる。それから狸が立つ。赤シャツが起つ。ことごとく送別の辞を述べたが、三人共申し合せたようにうらなり君の、良教師で好人物な事を吹聴して、今回去られるのはまことに残念である、学校としてのみならず、個人として大いに惜しむところであるが、ご一身上のご都合で、切に転任をご希望になったのだから致し方がないという意味を述べた。こんな嘘をついて送別会を開いて、それでちっとも恥かしいとも思っていない。ことに赤シャツに至って三人のうちで一番うらなり君をほめた。この良友を失うのは実に自分にとって大なる不幸であるとまで云った。しかもそのいい方がいかにも、もっともらしくって、例のやさしい声を一層やさしくして、述べ立てるのだから、始めて聞いたものは、誰でもきっとだまされるに極（きま）ってる。マドンナも大方この手で引掛けたんだろう。赤シャツが送別の辞を述べ立てている最中、向側に坐っていた山嵐がおれの顔を見てちょっと稲光をさした。おれは返電として、人指し指でべっかんこうをして見せた。

赤シャツが座に復するのを待ちかねて、山嵐がぬっと立ち上がったから、おれは嬉しかったので、思わず手をぱちぱちと拍った。すると狸を始め一同がことごとくおれの方を見たには少々困った。山嵐は何を云うかと思うとただ今校長始めことに教頭は古賀君の転任を非常に残念がられたが、私は少々反対で古賀君が一日も早く当地を去られるのを希望しております。延岡は僻遠の地で、当地に比べたら物質上の不便はあるだろう。が、聞くところによれば風俗のすこぶる純朴な所で、職員生徒ことごとく上代撲直（じょうだいぼくちょく）

の気風を帯びているそうである。心にもないお世辞を振り蒔いたり、美しい顔をして君子を陥れたりするハイカラ野郎は一人もないと信ずるからして、君のごとき温良篤厚（とっこう）の士は必ずその地方一般の歓迎を受けられるに相違ない。吾輩は大いに古賀君のためにこの転任を祝するのである。終りに臨んで君が延岡に赴任されたら、その地の淑女にして、君子の好逑（こうきゅう）となるべき資格あるものを択んで一日も早く円満なる家庭をかたち作って、かの不貞無節なるお転婆を事実の上において慚死（ざんし）せしめん事を希望します。えへんえへんと二つばかり大きな咳払いをして席に着いた。おれは今度も手を叩こうと思ったが、またみんながおれの面（かお）を見るといやだから、やめにしておいた。山嵐が坐ると今度はうらなり先生が起った。先生はご鄭寧（ていねい）に、自席から、座敷の端の末座まで行って、慇懃に一同に挨拶をした上、今般は一身上の都合で九州へ参る事になりましたについて、諸先生方が小生のためにこの盛大なる送別会をお開き下さったのは、まことに感銘の至りに堪えぬ次第で――ことにただ今は校長、教頭その他諸君の送別の辞を頂戴して、大いに難有（ありがた）く服膺（ふくよう）する訳であります。私はこれから遠方へ参りますが、なにとぞ従前の通りお見捨てなくご愛顧のほどを願います。とへえつく張って席に戻った。うらなり君はどこまで人が好いんだか、ほとんど底が知れない。自分がこんなに馬鹿にされている校長や、教頭に恭しくお礼を云っている。それも義理一遍の挨拶ならだが、あの様子や、あの言葉つきや、あの顔つきから云うと、心から感謝しているらしい。こんな聖人に真面目にお礼を云われたら、気の毒になって、赤面しそうなものだが狸も赤シャツも真面目に謹聴しているばかりだ。

挨拶が済んだら、あちらでもチュー、こちらでもチュー、という音がする。おれも真似をして汁を飲んでみたがまずいもんだ。口取に蒲鉾はついてるが、どす黒くて竹輪の出来損いである。刺身も並んでるが、厚くって鮪の切り身を生で食うと同じ事だ。それでも隣り近所の連中はむしゃむしゃ旨そうに食っている。大方江戸前の料理を食った事がないんだろう。

そのうち燗徳利（かんどくり）が頻繁に往来し始めたら、四方が急に賑やかになった。野だ公は恭しく校長の前へ出て盃を頂いてる。いやな奴だ。うらなり君は順々に献酬（けんしゅう）をして、一巡周（めぐ）るつもりとみえる。はなはだご苦労である。うらなり君がおれの前へ来て、一つ頂戴致しましょうと袴のひだを正して申し込まれたから、おれも窮屈にズボンのままかしこまって、一盃差し上げた。せっかく参って、すぐお別れになるのは残念ですね。ご出立はいつです、是非浜までお見送りをしましょうと云ったら、うらなり君はいえご用多（おお）のところ決してそれには及びませんと答えた。うらなり君が何と云ったって、おれは学校を休んで送る気でいる。

それから一時間ほどするうちに席上は大分乱れて来る。まあ一杯、おや僕が飲めと云うのに……などと呂律（ろれつ）の巡りかねるのも一人二人出来て来た。少々退屈したから便所へ行って、昔風な庭を星明りにすかして眺めていると山嵐が来た。どうださっきの演説はうまかったろう。と大分得意である。大賛成だが一ヶ所気に入らないと抗議を申し込んだら、どこが不賛成だと聞いた。

「美しい顔をして人を陥れるようなハイカラ野郎は延岡に居らないから……と君は云ったろう」

「うん」

「ハイカラ野郎だけでは不足だよ」

「じゃ何と云うんだ」

「ハイカラ野郎の、ペテン師の、イカサマ師の、猫被（ねこっかぶ）りの、香具師（やし）の、モモンガーの、岡っ引きの、わんわん鳴けば犬も同然な奴とでも云うがいい」

「おれには、そう舌は廻らない。君は能弁だ。第一単語を大変たくさん知ってる。それで演舌が出来ないのは不思議だ」

「なにこれは喧嘩のときに使おうと思って、用心のために取っておく言葉さ。演舌となっちゃ、こうは出ない」

「そうかな、しかしぺらぺら出るぜ。もう一遍やって見たまえ」

「何遍でもやるさいいか。――ハイカラ野郎のペテン師の、イカサマ師の……」と云いかけていると、椽側をどたばた云わして、二人ばかり、よろよろしながら馳(か)け出して来た。

「両君そりゃひどい、――逃げるなんて、――僕が居るうちは決して逃さない、さあのみたまえ。――いかさま師?――面白い、いかさま面白い。――さあ飲みたまえ」とおれと山嵐をぐいぐい引っ張って行く。実はこの両人共便所に来たのだが、酔ってるもんだから、便所へはいるのを忘れて、おれ等を引っ張るのだろう。酔っ払いは目の中（あた）る所へ用事を拵えて、前の事はすぐ忘れてしまうんだろう。

「さあ、諸君、いかさま師を引っ張って来た。さあ飲ましてくれたまえ。いかさま師をうんと云うほど、酔わしてくれたまえ。君逃げちゃいかん」と逃げもせぬ、おれを壁際へ圧し付けた。諸方を見廻してみると、膳の上に満足な肴の乗っているのは一つもない。自分の分を綺麗に食い尽くして、五六間先へ遠征に出た奴もいる。校長はいつ帰ったか姿が見えない。

ところへお座敷はこちら？　と芸者が三四人はいって来た。おれも少し驚ろいたが、壁際へ圧し付けられているんだから、じっとしてただ見ていた。すると今まで床柱へもたれて例の琥珀のパイプを自慢そうに啣えていた、赤シャツが急に起（た）って、座敷を出にかかった。向うからはいって来た芸者の一人が、行き違いながら、笑って挨拶をした。その一人は一番若くて一番奇麗な奴だ。遠くで聞えなかったが、おや今晩はぐらい云ったらしい。赤シャツは知らん顔をして出て行ったぎり、顔を出さなかった。大方校長のあとを追懸けて帰ったんだろう。

芸者が来たら座敷中急に陽気になって、一同が鬨（とき）の声を揚げて歓迎したのかと思うくらい、騒々しい。そうしてある奴はなんこを攫（つかむ。その声の大きな事、まるで居合抜の稽古のようだ。こっちでは拳を打ってる。よっ、はっ、と夢中で両手を振るところは、ダーク一座の操人形よりよっぽど上手だ。向うの隅ではおいお酌だ、と徳利を振ってみて、酒だ酒だと言い直している。どうもやかましくて騒々しくってたまらない。そのうちで手持無沙汰に下を向いて考え込んでるのはうらなり君ばかりである。自分のために送別会を開いてくれたのは、自分の転任を惜んでくれるんじゃない。みんなが酒を呑んで遊ぶためだ。自分独りが手持無沙汰で苦しむためだ。こんな送別会なら、開いてもらわない方がよっぽどましだ。

しばらくしたら、めいめい胴間声（どうまごえ）を出して何か唄い始めた。おれの前へ来た一人の芸者が、あんた、なんぞ、唄いなはれ、と三味線を抱えたから、おれは唄わない、貴様唄ってみろと云ったら、金や太鼓でねえ、迷子の迷子の三太郎と、どんどこ、どんのちゃんちきりん。叩いて廻って逢われるものならば、わたしなんぞも、金や太鼓でどんどこ、どんのちゃんちきりんと叩いて廻って逢いたい人がある、と二た息にうたって、おおしんどと云った。おおしんどなら、もっと楽なものをやればいいのに。

するといつの間にか傍へ来て坐った、野だが、鈴ちゃん逢いたい人に逢ったと思ったら、すぐお帰りで、お気の毒さまみたようでげすと相変らず噺し家みたような言葉使いをする。知りまへんと芸者はつんと済ました。野だは頓着なく、たまたま逢いは逢いながら……と、いやな声を出して義太夫の真似をやる。おきなはれやと芸者は平手で野だの膝を叩いたら野だは恐悦して笑ってる。この芸者は赤シャツに挨拶をした奴だ。芸者に叩かれて笑うなんて、野だもおめでたい者だ。鈴ちゃん僕が紀伊（き）の国を踴（おど）るから、一つ弾いて頂戴と云い出した。野だはこの上まだ踴る気でいる。

向うの方で漢学のお爺さんが歯のない口を歪めて、そりゃ聞えません伝兵衛さん、お前とわたしのその中は……とまでは無事に済したが、それから？　と芸者に聞いている。爺さんなんて物覚えのわるいものだ。一人が博物を捕まえて近頃こないなのが、でけましたぜ、弾いてみまほうか。よう聞いて、いなはれや――花月巻(かげつまき)、白いリボンのハイカラ頭、乗るは自転車、弾くはヴァイオリン、半可（はんか）の英語でぺらぺらと、I am glad to see you と唄うと、博物はなるほど面白い、英語入りだねと感心している。

山嵐は馬鹿に大きな声を出して、芸者、芸者と呼んで、おれが剣舞をやるから、三味線を弾けと号令を下した。芸者はあまり乱暴な声なので、あっけに取られて返事もしない。山嵐は委細構わず、ステッキを持って来て、踏破千山万岳烟（ふみやぶるせんざんばんがくのけむり）と真中へ出て独りで隠し芸を演じている。ところへ野だがすでに紀伊の国を済まして、かっぽれを済まして、棚の達磨さんを済まして丸裸の越中褌（えっちゅうふんどし）一つになって、棕櫚箒（しゅろぼうき）を小脇に抱（かか）い込んで、日清談判破裂して……と座敷中練りあるき出した。まるで気違いだ。

おれはさっきから苦しそうに袴も脱がず控えているうらなり君が気の毒でたまらなかったが、なんぼ自分の送別会だって、越中褌の裸踴（はだかおどり）まで羽織袴で我慢してみている必要はあるまいと思ったから、そばへ行って、古賀さんもう帰りましょうと退去を勧めてみた。するとうらなり君は今日は私の送別会だから、私が先へ帰っては失礼です、どうぞご遠慮なくと動く景色もない。なに構うもんですか、送別会なら、送別会らしくするがいいです、あの様をご覧なさい。気狂（きちがい）会です。さあ行きましょうと、進まないのを無理に勧めて、座敷を出かかるところへ、野だが箒を振り振り進行して来て、やご主人が先へ帰るとはひどい。日清談判だ。帰せないと箒を横にして行く手を塞いだ。おれはさっきから肝癪が起っているところだから、日清談判なら貴様はちゃんちゃんだろうと、いきなり拳骨で、野だの頭をぽかりと喰わしてやった。野だは二三秒の間毒気を抜かれた体で、ぼんやりしていたが、おやこれはひどい。お撲（ぶ）ちになったのは情ない。この吉川をご打擲（ちょうちゃく）とは恐れ入った。いよいよもって日清談判だ。とわからぬ事をならべているところへ、うしろから山嵐が何か騒動が始まったと見てとって、剣舞をやめて、飛んできたが、このていたらくを見て、いきなり頸筋（くびすじ）をうんと攫んで引き戻した。日清……いたい。いたい。どうもこれは乱暴だと振りもがくところを横に捩（ねじ）ったら、すとんと倒れた。あとはどうなったか知らない。途中でうらなり君に別れて、うちへ帰ったら十一時過ぎだった。

十

祝勝会で学校はお休みだ。連兵場で式があるというので、狸は生徒を引率して参列しなくてはならない。おれも職員の一人としていっしょにくっついて行くんだ。町へ出ると日の丸だらけで、まぼしいくらいである。学校の生徒は八百人もあるのだから、体操の教師が隊伍を整えて、一組一組の間を少しずつ明けて、それへ職員が一人か二人ずつ監督として割り込む仕掛けである。仕掛だけはすこぶる巧妙なものだが、実際はすこぶる不手際である。生徒は子供の上に、生意気で、規律を破らなくっては生徒の体面にかかわると思ってる奴等だから、職員が幾人ついて行ったって何の役に立つもんか。命令も下さないのに勝手な軍歌をうたったり、軍歌をやめるとワーと訳もないのに鬨（とき）の声を揚げたり、まるで浪人が町内をねりあるいてるようなものだ。軍歌も鬨の声も揚げない時はがやがや何か喋舌ってる。喋舌(しゃべ)らないでも歩けそうなもんだが、日本人はみな口から先へ生れるのだから、いくら小言を云ったって聞きっこない。喋舌るのもただ喋舌るのではない、教師のわる口を喋舌るんだから、下等だ。おれは宿直事件で生徒を謝罪さして、まあこれならよかろうと思っていた。ところが実際は大違いである。下宿の婆さんの言葉を借りて云えば、正に大違いの勘五郎である。生徒があやまったのは心から後悔してあやまったのではない。ただ校長から、命令されて、形式的に頭を下げたのである。商人が頭ばかり下げて、狡い事をやめないのと一般で生徒も謝罪だけはするが、いたずらは決してやめるものでない。よく考えてみると世の中はみんなこの生徒のようなものから成立しているかも知れない。人があやまったり詫びたりするのを、真面目に受けて勘弁するのは正直過ぎる馬鹿と云うんだろう。あやまるのも仮りにあやまるので、勘弁するのも仮りに勘弁するのだと思ってれば差し支えない。もし本当にあやまらせる気なら、本当に後悔するまで叩きつけなくてはいけない。

おれが組と組の間にはいって行くと、天麩羅だの、団子だの、と云う声が絶えずする。しかも大勢だから、誰が云うのだか分らない。よし分ってもおれの事を天麩羅と云ったんじゃありません、団子と申したのじゃありません、それは先生が神経衰弱だから、ひがんで、そう聞くんだぐらい云うに極（き）まってる。こんな卑劣な根性は封建時代から、養成したこの土地の習慣なんだから、いくら云って聞かしたって、教えてやったって、到底直りっこない。こんな土地に一年も居ると、潔白なおれも、この真似をしなければならなく、なるかも知れない。向うでうまく言い抜けられるような手段で、おれの顔を汚すのを抛（ほう）っておく、樗蒲一（ちょぼいち）はない。向こうが人ならおれも人だ。生徒だって、子供だって、ずう体はおれより大きいや。だから刑罰として何か返報をしてやらなくっては義理がわるい。ところがこっちから返報をする時分に尋常の手段で行くと、向うから逆捩（さかねじ）を食わして来る。貴様がわるいからだと云うと、初手から逃げ路が作ってある事だから滔々と弁じ立てる。弁じ立てておいて、自分の方を表向きだけ立派にしてそれからこっちの非を攻撃する。もともと返報にした事だから、こちらの弁護は向うの非が挙がらない上は弁護にならない。つまりは向うから手を出しておいて、世間体はこっちが仕掛けた喧嘩のように、見做されてしまう。大変な不利益だ。それなら向うのやるなり、愚迂多良童子（ぐうたらどうじ）を極め込んでいれば、向うはますます増長するばかり、大きく云えば世の中のためにならない。そこで仕方がないから、こっちも向うの筆法を用いて捕まえられないで、手の付けようのない返報をしなくてはならなくなる。そうなっては江戸っ子も駄目だ。駄目だが一年もこうやられる以上は、おれも人間だから駄目でも何でもそうならなくっちゃ始末がつかない。どうしても早く東京へ帰って清といっしょになるに限る。こんな田舎に居るのは堕落しに来ているようなものだ。新聞配達をしたって、ここまで堕落するよりはましだ。

こう考えて、いやいや、附いてくると、何だか先鋒が急にがやがや騒ぎ出した。同時に列はぴたりと留まる。変だから、列を右へはずして、向うを見ると、大手町を突き当って薬師町へ曲がる角の所で、行き詰ったぎり、押し返したり、押し返されたりして揉み合っている。前方から静かに静かにと声を涸らして来た体操教師に何ですと聞くと、曲り角で中学校と師範学校が衝突したんだと云う。

中学と師範とはどこの県下でも犬と猿のように仲がわるいそうだ。なぜだかわからないが、まるで気風が合わない。何かあると喧嘩をする。大方狭い田舎で退屈だから、暇潰しにやる仕事なんだろう。おれは喧嘩は好きな方だから、衝突と聞いて、面白半分に馳け出して行った。すると前の方にいる連中は、しきりに何だ地方税の癖に、引き込めと、怒鳴ってる。後ろからは押せ押せと大きな声を出す。おれは邪魔になる生徒の間をくぐり抜けて、曲がり角へもう少しで出ようとした時に、前へ！　と云う高く鋭い号令が聞えたと思ったら師範学校の方は粛粛として行進を始めた。先を争った衝突は、折合がついたには相違ないが、つまり中学校が一歩を譲ったのである。資格から云うと師範学校の方が上だそうだ。

祝勝の式はすこぶる簡単なものであった。旅団長が祝詞を読む、知事が祝詞を読む、参列者が万歳を唱える。それでおしまいだ。余興は午後にあると云う話だから、ひとまず下宿へ帰って、こないだじゅうから、気に掛っていた、清への返事をかきかけた。今度はもっと詳しく書いてくれとの注文だから、なるべく念入に認めなくっちゃならない。しかしいざとなって、半切（はんきれ）を取り上げると、書く事はたくさんあるが、何から書き出していいか、わからない。あれにしようか、あれは面倒臭い。これにしようか、これはつまらない。何か、すらすらと出て、骨が折れなくって、そうして清が面白がるようなものはないかしらん、と考えてみると、そんな注文通りの事件は一つもなさそうだ。おれは墨を磨って、筆をしめして、巻紙を眺めて、――巻紙を眺めて、筆をしめして、墨を磨って――同じ所作を同じように何返も繰り返したあと、おれには、とても手紙は書けるものではないと、諦めて硯の蓋をしてしまった。手紙なんぞをかくのは面倒臭い。やっぱり東京まで出掛けて行って、逢って話をするのが簡便だ。清の心配は察しないでもないが、清の注文通りの手紙を書くのは三七日の断食よりも苦しい。

おれは筆と巻紙を抛り出して、ごろりと転がって肱枕（ひじまくら）をして庭の方を眺めてみたが、やっぱり清の事が気にかかる。その時おれはこう思った。こうして遠くへ来てまで、清の身の上を案じていてやりさえすれば、おれの真心は清に通じるに違いない。通じさえすれば手紙なんぞやる必要はない。やらなければ無事で暮してると思ってるだろう。たよりは死んだ時か病気の時か、何か事の起った時にやりさえすればいい訳だ。

　庭は十坪ほどの平庭で、これという植木もない。ただ一本の蜜柑があって、塀のそとから、目標になるほど高い。おれはうちへ帰ると、いつでもこの蜜柑を眺める。東京を出た事のないものには蜜柑の生っているところはすこぶる珍しいものだ。あの青い実がだんだん熟してきて、黄色になるんだろうが、定めて奇麗だろう。今でももう半分色の変ったのがある。婆さんに聞いてみると、すこぶる水気の多い、旨い蜜柑だそうだ。今に熟

（うれ）たら、たんと召し上がれと云ったから、毎日少しずつ食ってやろう。もう三週間もしたら、充分食えるだろう。まさか三週間以内にここを去る事もなかろう。

おれが蜜柑の事を考えているところへ、偶然山嵐が話しにやって来た。今日は祝勝会だから、君といっしょにご馳走を食おうと思って牛肉を買って来たと、竹の皮の包を袂から引きずり出して、座敷の真中へ抛り出した。おれは下宿で芋責豆腐責になってる上、蕎麦屋行き、団子屋行きを禁じられてる際だから、そいつは結構だと、すぐ婆さんから鍋と砂糖をかり込んで、煮方に取りかかった。

山嵐は無暗に牛肉を頬張りながら、君あの赤シャツが芸者に馴染のある事を知ってるかと聞くから、知ってるとも、この間うらなりの送別会の時に来た一人がそうだろうと云ったら、そうだ僕はこの頃ようやく勘づいたのに、君はなかなか敏捷だと大いにほめた。

「あいつは、ふた言目には品性だの、精神的娯楽だのと云う癖に、裏へ廻って、芸者と関係なんかつけとる、怪しからん奴だ。それもほかの人が遊ぶのを寛容するならいいが、君が蕎麦屋へ行ったり、団子屋へはいるのさえ取締上害になると云って、校長の口を通して注意を加えたじゃないか」

「うん、あの野郎の考えじゃ芸者買は精神的娯楽で、天麩羅や、団子は物理的娯楽なんだろう。精神的娯楽なら、もっと大べらにやるがいい。何だあの様は。馴染の芸者がはいってくると、入れ代りに席をはずして、逃げるなんて、どこまでも人を胡魔化す気だから気に食わない。そうして人が攻撃すると、僕は知らないとか、露西亜（ロシア）文学だとか、俳句が新体詩の兄弟分だとか云って、人を烟に捲くつもりなんだ。あんな弱虫は男じゃないよ。全く御殿女中の生れ変りか何かだぜ。ことによると、あいつのおやじは湯島のかげまかもしれない」

「湯島のかげまた何だ」

「何でも男らしくないもんだろう。――君そこのところはまだ煮えていないぜ。そんなのを食うと條虫(さなだむし)が湧くぜ」

「そうか、大抵大丈夫だろう。それで赤シャツは人に隠れて、温泉の町の角屋へ行って、芸者と会見するそうだ」

「角屋って、あの宿屋か」

「宿屋兼料理屋さ。だからあいつを一番へこますためには、あいつが芸者をつれて、あすこへはいり込むところを見届けておいて面詰するんだね」

「見届けるって、夜番でもするのかい」

「うん、角屋の前に枡屋という宿屋があるだろう。あの表二階をかりて、障子へ穴をあけて、見ているのさ」

「見ているときに来るかい」

「来るだろう。どうせひと晩じゃいけない。二週間ばかりやるつもりでなくっちゃ」

「随分疲れるぜ。僕あ、おやじの死ぬとき一週間ばかり徹夜して看病した事があるが、あとでぼんやりして、大いに弱った事がある」

「少しぐらい身体が疲れたって構わんさ。あんな奸物をあのままにしておくと、日本のためにならないから、僕が天に代って誅戮（ちゅうりく）を加えるんだ」

「愉快だ。そう事が極まれば、おれも加勢してやる。それで今夜から夜番をやるのかい」

「まだ枡屋に懸合ってないから、今夜は駄目だ」

「それじゃ、いつから始めるつもりだい」

「近々のうちやるさ。いずれ君に報知をするから、そうしたら、加勢してくれたまえ」

「よろしい、いつでも加勢する。僕は計略（はかりごと）は下手だが、喧嘩とくるとこれでなかなかすばしこいぜ」

おれと山嵐がしきりに赤シャツ退治の計略を相

談していると、宿の婆さんが出て来て、学校の生徒さんが一人、堀田先生にお目にかかりたいててお出でたぞなもし。今お宅へ参じたのじゃが、お留守じゃけれ、大方ここじゃろうてて捜し当ててお出でたのじゃがなもしと、閾（しきい）の所へ膝を突いて山嵐の返事を待ってる。山嵐はそうですかと玄関まで出て行ったが、やがて帰って来て、君、生徒が祝勝会の余興を見に行かないかって誘いに来たんだ。今日は高知から、何とか踴（おど）

りをしに、わざわざここまで多人数乗り込んで来ているのだから、是非見物しろ、めったに見られない踴（おどり）だというんだ、君もいっしょに行ってみたまえと山嵐は大いに乗り気で、おれに同行を勧める。おれは踴なら東京でたくさん見ている。毎年じゃと、八幡様のお祭りには屋台が町内へ廻ってくるんだから汐酌みでも何でもちゃんと心得ている。土佐っぽの馬鹿踴なんか、見たくもないと思ったけれども、せっかく山嵐が勧めるもんだから、つい行く気になって門へ出た。山嵐を誘いに来たものは誰かと思ったら赤シャツの弟だ。妙な奴が来たもんだ。

会場へはいると、回向院（えこういん）の相撲か本門寺（ほんもんじ）の御会式（おえしき）のように幾ながれとなく長い旗を所々に植え付けた上に、世界万国の国旗をことごとく借りて来たくらい、縄から縄、綱から綱へ渡しかけて、大きな空が、いつになく賑やかに見える。東の隅に一夜作りの舞台を設けて、ここでいわゆる高知の何とか踴りをやるんだそうだ。舞台を右へ半町ばかりくると葭簀（よしず）の囲いをして、活花が陳列してある。みんなが感心して眺めているが、一向くだらないものだ。あんなに草や竹を曲げて嬉しがるなら、背虫の色男や、跛（びっこ）の亭主を持って自慢するがよかろう。

舞台とは反対の方面で、しきりに花火を揚げる。花火の中から風船が出た。帝国万歳とかいてある。

天主の松の上をふわふわ飛んで営所のなかへ落ちた。次はぽんと音がして、黒い団子が、しょっと秋の空を射貫くように揚がると、それがおれの頭の上で、ぽかりと割れて、青い烟が笠の骨のように開いて、だらだらと空中に流れ込んだ。風船がまた上がった。今度は陸海軍万歳と赤地に白く染め抜いた奴が風に揺られて、温泉の町から、相生村（あいおいむら）の方へ飛んでいった。大方観音様の境内へでも落ちたろう。

　式の時はさほどでもなかったが、今度は大変な人出だ。田舎にもこんなに人間が住んでるかと驚ろいたぐらいうじゃうじゃしている。利口な顔はあまり見当らないが、数から云うとたしかに馬鹿に出来ない。そのうち評判の高知の何とか踴が始まった。踴というから藤間か何ぞのやる踴りかと早合点していたが、これは大間違いであった。

　いかめしい後鉢巻をして、立っ付け袴を穿いた男が十人ばかりずつ、舞台の上に三列に並んで、その三十人がことごとく抜き身を携げているには魂消(たまげ)た。前列と後列の間はわずか一尺五寸ぐらいだろう、左右の間隔はそれより短いとも長くはない。たった一人列を離れて舞台の端に立ってるのがあるばかりだ。この仲間外れの男は袴だけはつけているが、後鉢巻は倹約して、抜身の代りに、胸へ太鼓を懸けている。太鼓は太神楽(だいかぐら)の太鼓と同じ物だ。この男がやがて、いやあ、はああと呑気な声を出して、妙な謡をうたいながら、太鼓をぼこぼん、ぼこぼんと叩く。歌の調子は前代未聞の不思議なものだ。三河万歳と普陀落（ふだらく）やの合併したものと思えば大した間違いにはならない。

歌はすこぶる悠長なもので、夏分の水飴のように、だらしがないが、句切りをとるためにぼこぼんを入れるから、のべつのようでも拍子は取れる。この拍子に応じて三十人の抜き身がぴかぴかと光るのだが、これはまたすこぶる迅速なお手際で、拝見していても冷々（ひやひや）する。隣りも後ろも一尺五寸以内に生きた人間が居て、その人間がまた切れる抜き身を自分と同じように振り舞わすのだから、よほど調子が揃わなければ、同志撃（どうしうち）を始めて怪我をする事になる。それも動かないで刀だけ前後とか上下とかに振るのなら、まだ危険もないが、三十人が一度に足踏みをして横を向く時がある。ぐるりと廻る事がある。膝を曲げる事がある。隣りのものが一秒でも早過ぎるか、遅過ぎれば、自分の鼻は落ちるかも知れない。隣りの頭はそがれるかも知れない。抜き身の動くのは自由自在だが、その動く範囲は一尺五寸角の柱のうちにかぎられた上に、前後左右のものと同方向に同速度にひらめかなければならない。こいつは驚いた、なかなかもって汐酌や関の戸の及ぶところでない。聞いてみると、これはなはだ熟練の入るもので容易な事では、こういう風に調子が合わないそうだ。ことにむずかしいのは、かの万歳節のぼこぼん先生だそうだ。三十人の足の運びも、手の働きも、腰の曲げ方も、ことごとくこのぼこぼん君の拍子一つで極まるのだそうだ。傍で見ていると、この大将が一番呑気そうに、いやあ、はああと気楽にうたってるが、その実はなはだ責任が重くって非常に骨が折れるとは不思議なものだ。

おれと山嵐が感心のあまりこの踴を余念なく見物していると、半町ばかり、向うの方で急にわっと云う鬨の声がして、今まで穏やかに諸所を縦覧していた連中が、にわかに波を打って、右左りに揺（うご）き始める。喧嘩だ喧嘩だと云う声がすると思うと、人の袖を潜り抜けて来た赤シャツの弟が、先生また喧嘩です、中学の方で、今朝の意趣返しをするんで、また師範の奴と決戦を始めたところです、早く来て下さいと云いながらまた人の波のなかへ潜り込んでどっかへ行ってしまった。

山嵐は世話の焼ける小僧だまた始めたのか、いい加減にすればいいのにと逃げる人を避けながら一散に馳け出した。見ている訳にも行かないから取り鎮めるつもりだろう。おれは無論の事逃げる気はない。山嵐の踵（かかと）を踏んであとからすぐ現場へ馳けつけた。喧嘩は今が真最中である。師範の方は五六十人もあろうか、中学はたしかに三割方多い。師範は制服をつけているが、中学は式後大抵は日本服に着換えているから、敵味方はすぐわかる。しかし入り乱れて組んづ、解（ほご）れつ戦ってるから、どこから、どう手を付けて引き分けていいか分らない。山嵐は困ったなと云う風で、しばらくこの乱雑な有様を眺めていたが、こうなっちゃ仕方がない。巡査がくると面倒だ。飛び込んで分けようと、おれの方を見て云うから、おれは返事もしないで、いきなり、一番喧嘩の烈しそうな所へ躍（おど）り込んだ。止せ止せ。そんな乱暴をすると学校の体面に関わる。よさないかと、出るだけの声を出して敵と味方の分界線らしい所を突き貫けようとしたが、なかなかそう旨くは行かない。一二間はいったら、出る事も引く事も出来なくなった。目の前に比較的大きな師範生が、十五六の中学生と組み合っている。止せと云ったら、止さないかと師範生の肩を持って、無理に引き分けようとする途端にだれか知らないが、下からおれの足をすくった。おれは不意を打たれて握った、肩を放して、横に倒れた。堅い靴でおれの背中の上へ乗った奴がある。両手と膝を突いて下から、跳ね起きたら、乗った奴は右の方へころがり落ちた。起き上がって見ると、三間ばかり向うに山嵐の大きな身体が生徒の間に挟まりながら、止せ止せ、喧嘩は止せ止せと揉み返されてるのが見えた。おい到底駄目だと云ってみたが聞えないのか返事もしない。

　ひゅうと風を切って飛んで来た石が、いきなりおれの頬骨へ中ったなと思ったら、後ろからも、背中を棒でどやした奴がある。教師の癖に出ている、打て打てと云う声がする。教師は二人だ。大きい奴と、小さい奴だ。石をなげろ。と云う声もする。おれは、なに生意気な事をぬかすな、田舎者の癖にと、いきなり、傍に居た師範生の頭を張りつけてやった。石がまたひゅうと来る。今度はおれの五分刈の頭を掠めて後ろの方へ飛んで行った。山嵐はどうなったか見えない。こうなっちゃ仕方がない。始めは喧嘩をとめにはいったんだが、どやされたり、石をなげられたりして、恐れ入って引き下がるうんでれがんがあるものか。おれを誰だと思うんだ。身長は小さくっても喧嘩の本場で修行を積んだ兄さんだと無茶苦茶に張り飛ばしたり、張り飛ばされたりしていると、やがて巡査だ巡査だ逃げろ逃げろと云う声がした。今まで葛練（くずね）りの中で泳いでるように身動きも出来なかったのが、急に楽になったと思ったら、敵も味方も一度に引上げてしまった。田舎者でも退却は巧妙だ。クロパトキンより旨いくらいである。

山嵐はどうしたかと見ると、紋付の一重羽織をずたずたにして、向うの方で鼻を拭いている。鼻柱をなぐられて大分出血したんだそうだ。鼻がふくれ上がって真赤になってすこぶる見苦しい。おれは飛白（かすり）の袷を着ていたから泥だらけになったけれども、山嵐の羽織ほどな損害はない。しかし頬ぺたがぴりぴりしてたまらない。山嵐は大分血が出ているぜと教えてくれた。

巡査は十五六名来たのだが、生徒は反対の方面から退却したので、捕まったのは、おれと山嵐だけである。おれらは姓名を告げて、始終を話したら、ともかくも警察まで来いと云うから、警察へ行って、署長の前で事の顛末を述べて下宿へ帰った。

十二

あくる日眼が覚めてみると、身体中痛くてたまらない。久しく喧嘩をしつけなかったから、こんなに答えるんだろう。これじゃあんまり自慢もできないと床の中で考えていると、婆さんが四国新聞を持ってきて枕元へ置いてくれた。実は新聞を見るのも退儀なんだが、男がこれしきの事に閉口(へこ)たれて仕様があるものかと無理に腹這いになって、寝ながら、二頁を開けてみると驚ろいた。昨日の喧嘩がちゃんと出ている。喧嘩の出ているのは驚ろかないのだが、中学の教師堀田某と、近頃東京から赴任した生意気なる某とが、順良なる生徒を使嗾（しそう）してこの騒動を喚起せるのみならず、両人は現場にあって生徒を指揮したる上、みだりに師範生に向って暴行をほしいままにしたりと書いて、次にこんな意見が附記してある。本県の中学は昔時（せきじ）より善良温順の気風をもって全国の羨望するところなりしが、軽薄なる二豎子（じゅし）のために吾校の特権を毀損せられて、この不面目を全市に受けたる以上は、吾人（ごじん）は憤然として起（た）ってその責任を問わざるを得ず。吾人は信ず、吾人が手を下す前に、当局者は相当の処分をこの無頼漢の上に加えて、彼等をして再び教育界に足を入るる余地なからしむる事を。そうして一字ごとにみんな黒点を加えて、お灸を据えたつもりでいる。おれは床の中で、糞でも喰らえと云いながら、むっくり飛び起きた。不思議な事に今まで身体の関節（ふしぶし）が非常に痛かったのが、飛び起きると同時に忘れたように軽くなった。

　おれは新聞を丸めて庭へ抛（な）げつけたが、それでもまだ気に入らなかったから、わざわざ後架（こうか）へ持って行って棄てて来た。新聞なんて無暗な嘘を吐くもんだ。世の中に何が一番法螺を吹くと云って、新聞ほどの法螺吹きはあるまい。おれの云ってしかるべき事をみんな向うで並べていやがる。それに近頃東京から赴任した生意気な某とは何だ。天下に某と云う名前の人があるか。考えてみろ。これでもれっきとした姓もあり名もあるんだ。系図が見たけりゃ、多田満仲（ただのまんじゅう）以来の先祖を一人残らず拝ましてやらあ。

——顔を洗ったら、頬ぺたが急に痛くなった。婆さんに鏡をかせと云ったら、けさの新聞をお見たかなもしと聞く。読んで後架へ棄てて来た。欲しけりゃ拾って来いと云ったら、驚いて引き下がった。鏡で顔を見ると昨日と同じように傷がついている。これでも大事な顔だ、顔へ傷まで付けられた上へ生意気なる某などと、某呼ばわりをされればたくさんだ。

今日の新聞に辟易して学校を休んだなどと云われちゃ一生の名折れだから、飯を食っていの一号に出頭した。出てくる奴も、出てくる奴もおれの顔を見て笑っている。何がおかしいんだ。貴様達にこしらえてもらった顔じゃあるまいし。そのうち、野だが出て来て、いや昨日はお手柄で、——名誉のご負傷でげすか、と送別会の時に撲（なぐ）った返報と心得たのか、いやに冷かしたから、余計な事を言わずに絵筆でも舐めていろと云ってやった。するとこりゃ恐入りやした。しかしさぞお痛い事でげしょうと云うから、痛かろうが、痛くなかろうがおれの面だ。貴様の世話になるもんかと怒鳴りつけてやったら、向う側の自席へ着いて、やっぱりおれの顔を見て、隣りの歴史の教師と何か内所話をして笑っている。

それから山嵐が出頭した。山嵐の鼻に至っては、紫色に膨張して、掘ったら中から膿が出そうに見える。自惚のせいか、おれの顔よりよっぽど手ひどく遣られている。おれと山嵐は机を並べて、隣り同志の近しい仲で、お負けにその机が部屋の戸口から真正面にあるんだから運がわるい。妙な顔が二つ塊まっている。ほかの奴は退屈にさえなるときっとこっちばかり見る。飛んだ事でと口で云うが、心のうちではこの馬鹿がと思ってるに相違ない。それでなければああいう風に私語（ささやき）合ってはくすくす笑う訳がない。教場へ出ると生徒は拍手をもって迎えた。先生万歳と云うものが二三人あった。景気がいいんだか、馬鹿にされてるんだか分からない。おれと山嵐がこんなに注意の焼点（しょうてん）となってるなかに、赤シャツばかりは平常の通り傍へ来て、どうも飛んだ災難でした。僕は君等に対してお気の毒でなりません。新聞の記事は校長とも相談して、正誤を申し込む手続きにしておいたから、心配しなくてもいい。僕の弟が堀田君を誘いに行ったから、こんな事が起ったので、僕は実に申し訳がない。それでこの件についてはあくまで尽力するつもりだから、どうかあしからず、などと半分謝罪的な言葉を並べている。校長は三時間目に校長室から出てきて、困った事を新聞がかき出しましたね。むずかしくならなければいいがと多少心配そうに見えた。おれには心配なんかない、先で免職をするなら、免職される前に辞表を出してしまうだけだ。

しかし自分がわるくないのにこっちから身を引くのは法螺吹きの新聞屋をますます増長させる訳だから、新聞屋を正誤させて、おれが意地にも務めるのが順当だと考えた。帰りがけに新聞屋に談判に行こうと思ったが、学校から取消の手続きはしたと云うから、やめた。

おれと山嵐は校長と教頭に時間の合間を見計って、嘘のないところを一応説明した。校長と教頭はそうだろう、新聞屋が学校に恨みを抱いて、あんな記事をことさらに掲げたんだろうと論断した。赤シャツはおれ等の行為を弁解しながら控所を一人ごとに廻ってあるいていた。ことに自分の弟が山嵐を誘い出したのを自分の過失であるかのごとく吹聴していた。みんなは全く新聞屋がわるい、怪しからん、両君は実に災難だと云った。

帰りがけに山嵐は、君赤シャツは臭いぜ、用心しないとやられるぜと注意した。どうせ臭いんだ、今日から臭くなったんじゃなかろうと云うと、君まだ気が付かないか、きのうわざわざ、僕等を誘い出して喧嘩のなかへ、捲き込んだのは策だぜと教えてくれた。なるほどそこまでは気がつかなかった。山嵐は粗暴なようだが、おれより智慧のある男だと感心した。

「ああやって喧嘩をさせておいて、すぐあとから新聞屋へ手を廻してあんな記事をかかせたんだ。実に奸物だ」

「新聞までも赤シャツか。そいつは驚いた。しかし新聞が赤シャツの云う事をそう容易（たやす）く聴くかね」

「聴かなくって。新聞屋に友達が居りゃ訳はないさ」

「友達が居るのかい」

「居なくても訳ないさ。嘘をついて、事実これこれだと話しゃ、すぐ書くさ」

「ひどいもんだな。本当に赤シャツの策なら、僕等はこの事件で免職になるかも知れないね」

「わるくすると、遣られるかも知れない」

「そんなら、おれは明日辞表を出してすぐ東京へ帰っちまわあ。こんな下等な所に頼んだって居るのはいやだ」

「君が辞表を出したって、赤シャツは困らない」

「それもそうだな。どうしたら困るだろう」

「あんな奸物の遣る事は、何でも証拠の挙がらないように、挙がらないようにと工夫するんだから、反駁（はんばく）するのはむずかしいね」

「厄介だな。それじゃ濡衣を着るんだね。面白くもない。天道是耶非（てんどうぜかひ）かだ」

「まあ、もう二三日様子を見ようじゃないか。それでいよいよとなったら、温泉の町で取って抑えるより仕方がないだろう」

「喧嘩事件は、喧嘩事件としてか」

「そうさ。こっちはこっちで向うの急所を抑えるのさ」

「それもよかろう。おれは策略は下手なんだから、万事よろしく頼む。いざとなれば何でもする」

俺と山嵐はこれで分れた。赤シャツが果たして山嵐の推察通りをやったのなら、実にひどい奴だ。到底智慧比べで勝てる奴ではない。どうしても腕力でなくっちゃ駄目だ。なるほど世界に戦争は絶えない訳だ。個人でも、とどの詰りは腕力だ。

あくる日、新聞のくるのを待ちかねて、披（ひら）いてみると、正誤どころか取り消しも見えない。学校へ行って狸に催促すると、あしたぐらい出すでしょうと云う。明日になって六号活字で小さく取消が出た。しかし新聞屋の方で正誤は無論しておらない。また校長に談判すると、あれより手続きのしようはないのだと云う答だ。校長なんて狸のような顔をして、いやにフロック張っているが存外無勢力なものだ。虚偽の記事を掲げた田舎新聞一つ詫（あやま）らせる事が出来ない。あんまり腹が立ったから、それじゃ私が一人で行って主筆に談判すると云ったら、それはいかん、君が談判すればまた悪口を書かれるばかりだ。つまり新聞屋にかかれた事は、うそにせよ、本当にせよ、つまりどうする事も出来ないものだ。あきらめるより外に仕方がないと、坊主の説教じみた説諭を加えた。新聞がそんな者なら、一日も早く打（ぶ）っ潰してしまった方が、われわれの利益だろう。新聞にかかれるのと、泥鼈（すっぽん）に食いつかれるとが似たり寄ったりだとは今日ただ今狸の説明によって始めて承知仕った。

　それから三日ばかりして、ある日の午後、山嵐が憤然とやって来て、いよいよ時機が来た、おれは例の計画を断行するつもりだと云うから、そうかそれじゃおれもやろうと、即座に一味徒党に加盟した。ところが山嵐が、君はよす方がよかろうと首を傾けた。なぜと聞くと君は校長に呼ばれて辞表を出せと云われたかと尋ねるから、いや云われない。君は？　と聴き返すと、今日校長室で、まことに気の毒だけれども、事情やむをえんから処決してくれと云われたとの事だ。

「そんな裁判はないぜ。狸は大方腹鼓を叩き過ぎて、胃の位置が顛倒したんだ。君とおれは、いっしょに、祝勝会へ出てさ、いっしょに高知のぴかぴか踴（おど）りを見てさ、いっしょに喧嘩をとめにはいったんじゃないか。辞表を出せというなら公平に両方へ出せと云うがいい。なんで田舎の学校はそう理屈が分らないんだろう。焦慮（じれった）いな」

「それが赤シャツの指金だよ。おれと赤シャツとは今までの行懸り上到底両立しない人間だが、君の方は今の通り置いても害にならないと思ってるんだ」

「おれだって赤シャツと両立するものか。害にならないと思うなんて生意気だ」

「君はあまり単純過ぎるから、置いたって、どうでも胡魔化されると考えてるのさ」

「なお悪いや。誰が両立してやるものか」

「それに先だって古賀が去ってから、まだ後任が事故のために到着しないだろう。その上に君と僕を同時に追い出しちゃ、生徒の時間に明きが出来て、授業にさし支えるからな」

「それじゃおれを間のくさびに一席伺わせる気なんだな。こん畜生、だれがその手に乗るものか」

翌日おれは学校へ出て校長室へ入って談判を始めた。

「何で私に辞表を出せと云わないんですか」

「へえ？」と狸はあっけに取られている。

「堀田には出せ、私には出さないで好いと云う法がありますか」

「それは学校の方の都合で……」

「その都合が間違ってまさあ。私が出さなくって済むなら堀田だって、出す必要はないでしょう」

「その辺は説明が出来かねますが――堀田君は去られてもやむをえんのですが、あなたは辞表をお出しになる必要を認めませんから」

なるほど狸だ、要領を得ない事ばかり並べて、しかも落ち付き払ってる。おれは仕様がないから
「それじゃ私も辞表を出しましょう。堀田君一人辞職させて、私が安閑として、留まっていられると思っていらっしゃるかも知れないが、私にはそんな不人情な事は出来ません」
「それは困る。堀田も去りあなたも去ったら、学校の数学の授業がまるで出来なくなってしまうから……」

「出来なくなっても私の知った事じゃありません」

「君そう我儘を云うものじゃない、少しは学校の事情も察してくれなくっちゃ困る。それに、来てから一月立つか立たないのに辞職したと云うと、君の将来の履歴に関係するから、その辺も少しは考えたらいいでしょう」

「履歴なんか構うもんですか、履歴より義理が大切です」

「そりゃごもっとも——君の云うところは一々ご

もっともだが、わたしの云う方も少しは察して下さい。君が是非辞職すると云うなら辞職されてもいいから、代りのあるまでどうかやってもらいたい。とにかく、うちでもう一返考え直してみて下さい」

考え直すって、直しようのない明々白々たる理由だが、狸が蒼くなったり、赤くなったりして、可哀想になったからひとまず考え直す事として引き下がった。赤シャツには口もきかなかった。どうせ遣っつけるなら塊（かた）めて、うんと遣っつける方がいい。

山嵐に狸と談判した模様を話したら、大方そんな事だろうと思った。辞表の事はいざとなるまでそのままにしておいても差支えあるまいとの話だったから、山嵐の云う通りにした。どうも山嵐の方がおれよりも利巧らしいから万事山嵐の忠告に従う事にした。

山嵐はいよいよ辞表を出して、職員一同に告別の挨拶をして浜の港屋まで下がったが、人に知れないように引き返して、温泉の町の枡屋の表二階へ潜んで、障子へ穴をあけて覗き出した。これを知ってるものはおればかりだろう。赤シャツが忍んで来ればどうせ夜だ。しかも宵の口は生徒やその他の目があるから、少なくとも九時過ぎに極（きま）ってる。最初の二晩はおれも十一時頃まで張番（はりばん）をしたが、赤シャツの影も見えない。三日目には九時から十時半まで覗いたがやはり駄目だ。駄目を踏んで夜なかに下宿へ帰るほど馬鹿気た事はない。四五日するとうちの婆さんが少々心配を始めて、奥さんのおありるのに、夜遊びはおやめたがええぞなもしと忠告した。そんな夜遊びとは夜遊びが違う。こっちのは天に代って誅戮（ちゅうりく）を加える夜遊びだ。とはいうものの一週間も通って、少しも験が見えないと、いやになるもんだ。おれは性急（せっかち）な性分だから、熱心になると徹夜でもして仕事をするが、その代り何によらず長持ちのした試しがない。いかに天誅党でも飽きる事に変りはない。六日目には少々いやになって、七日目にはもう休もうかと思った。そこへ行くと山嵐は頑固なものだ。宵から十二時過までは眼を障子へつけて、角屋の丸ぼやの瓦斯燈（がすとう）の下を睨めっきりである。おれが行くと今日は何人客があって、泊りが何人、女が何人といろいろな統計を示すのには驚ろいた。どうも来ないようじゃないかと云うと、うん、たしかに来るはずだがと時々腕組をして溜息をつく。可愛想に、もし赤シャツがここへ一度来てくれなければ、山嵐は、生涯天誅を加える事は出来ないのである。

八日目には七時頃から下宿を出て、まずゆるりと湯に入って、それから町で鶏卵を八つ買った。これは下宿の婆さんの芋責に応ずる策である。その玉子を四つずつ左右の袂へ入れて、例の赤手拭を肩へ乗せて、懐手をしながら、枡屋の梯子段を登って山嵐の座敷の障子をあけると、おい有望有望と韋駄天（いだてん）のような顔は急に活気を呈した。昨夜までは少し塞ぎの気味で、はたで見ているおれさえ、陰気臭いと思ったくらいだが、この顔色を見たら、おれも急にうれしくなって、何も聞かない先から、愉快愉快と云った。

「今夜七時半頃あの小鈴と云う芸者が角屋へはいった」

「赤シャツといっしょか」

「いいや」

「それじゃ駄目だ」

「芸者は二人づれだが、――どうも有望らしい」

「どうして」

「どうしてって、ああ云う狡い奴だから、芸者を先へよこして、後から忍んでくるかも知れない」

「そうかも知れない。もう九時だろう」

「今九時十二分ばかりだ」と帯の間から二ッケル製の時計を出して見ながら云ったが「おい洋燈（ら

んぷ)を消せ、障子へ二つ坊主頭が写ってはおかしい。狐はすぐ疑ぐるから」

おれは一貫張（いっかんばり）の机の上にあった置き洋燈をふっと吹きけした。星明りで障子だけは少々あかるい。月はまだ出ていない。おれと山嵐は一生懸命に障子へ面をつけて、息を凝らしている。チーンと九時半の柱時計が鳴った。

「おい来るだろうかな。今夜来なければ僕はもう厭だぜ」

「おれは銭のつづく限りやるんだ」

「銭っていくらあるんだい」

「今日までで八日分五円六十銭払った。いつ飛び出しても都合のいいように毎晩勘定するんだ」

「それは手廻しがいい。宿屋で驚いてるだろう」

「宿屋はいいが、気が放せないから困る」

「その代り昼寝をするだろう」

「昼寝はするが、外出が出来ないんで窮屈でたまらない」

「天誅も骨が折れるな。これで天網恢恢疎(てんもうかいかいそ)にして洩らしちまったり、何かしちゃ、つまらないぜ」

「なに今夜はきっとくるよ。――おい見ろ見ろ」と小声になったから、おれは思わずどきりとした。黒い帽子を戴いた男が、角屋の瓦斯燈を下から見上げたまま暗い方へ通り過ぎた。違っている。おやおやと思った。そのうち帳場の時計が遠慮なく十時を打った。今夜もとうとう駄目らしい。

　世間は大分静かになった。遊郭で鳴らす太鼓が手に取るように聞える。月が温泉の山の後からのっと顔を出した。往来はあかるい。すると、下の方から人声が聞えだした。窓から首を出す訳には行かないから、姿を突き留める事は出来ないが、だんだん近づいて来る模様だ。からんからんと駒下駄を引き擦る音がする。眼を斜めにするとやっと二人の影法師が見えるくらいに近づいた。

「もう大丈夫ですね。邪魔ものは追っ払ったから」正しく野だの声である。「強がるばかりで策がないから、仕様がない」これは赤シャツだ。「あの男もべらんめえに似ていますね。あのべらんめえと来たら、勇み肌の坊っちゃんだから愛嬌がありますよ」「増給がいやだの辞表を出したいのって、ありゃどうしても神経に異状があるに相違ない」おれは窓をあけて、二階から飛び下りて、思う様打ちのめしてやろうと思ったが、やっとの事で辛防(しんぼう)した。二人はハハハハと笑いながら、瓦斯燈の下を潜って、角屋の中へはいった。

「おい」

「おい」

「来たぜ」

「とうとう来た」

「これでようやく安心した」

「野だの畜生、おれの事を勇み肌の坊っちゃんだと抜かしやがった」

「邪魔物と云うのは、おれの事だぜ。失敬千万な」

おれと山嵐は二人の帰路を要撃しなければならない。しかし二人はいつ出てくるか見当がつかない。山嵐は下へ行って今夜ことによると夜中に用事があって出るかも知れないから、出られるようにしておいてくれと頼んで来た。今思うと、よく宿のものが承知したものだ。大抵なら泥棒と間違えられるところだ。

赤シャツの来るのを待ち受けたのはつらかったが、出て来るのをじっとして待ってるのはなおつらい。寝る訳には行かないし、始終障子の隙から睨めているのもつらいし、どうも、こうも心が落ちつかなくって、これほど難儀な思いをした事はいまだにない。いっその事角屋へ踏み込んで現場を取って抑えようと発議したが、山嵐は一言にして、おれの申し出を斥（しりぞ）けた。自分共が今時分飛び込んだって、乱暴者だと云って途中で遮られる。訳を話して面会を求めれば居ないと逃げるか別室へ案内をする。不用意のところへ踏み込めると仮定したところで何十とある座敷のどこに居るか分るものではない、退屈でも出るのを待つより外に策はないと云うから、ようやくの事でとうとう朝の五時まで我慢した。

角屋から出る二人の影を見るや否や、おれと山嵐はすぐあとを尾けた。一番汽車はまだないから、二人とも城下まであるかなければならない。温泉の町をはずれると一丁ばかりの杉並木があって左右は田圃になる。それを通りこすとここかしこに藁葺（わらぶき）があって、畠の中を一筋に城下まで通る土手へ出る。町さえはずれれば、どこで追いついても構わないが、なるべくなら、人家のない、杉並木で捕まえてやろうと、見えがくれについて来た。町を外れると急に馳（か）け足の姿勢で、はやてのように後ろから、追いついた。何が来たかと驚ろいて振り向く奴を待てと云って肩に手をかけた。野だは狼狽の気味で逃げ出そうという景色だったから、おれが前へ廻って行手を塞いでしまった。

「教頭の職を持ってるものが何で角屋へ行って泊った」と山嵐はすぐ詰（なじ）りかけた。

「教頭は角屋へ泊って悪るいという規則がありますか」と赤シャツは依然として鄭寧（ていねい）な言葉を使ってる。顔の色は少々蒼い。

「取締上不都合だから、蕎麦屋や団子屋へさえはいってはいかんと、云うくらい謹直な人が、なぜ芸者といっしょに宿屋へとまり込んだ」野だは隙を見ては逃げ出そうとするからおれはすぐ前に立ち塞がって「べらんめえの坊っちゃんた何だ」と怒鳴り付けたら、「いえ君の事を云ったんじゃないんです、全くないんです」と鉄面皮に言訳がましい事をぬかした。おれはこの時気がついてみたら、両手で自分の袂を握ってる。追っかける時に袂の中の卵がぶらぶらして困るから、両手で握りながら来たのである。おれはいきなり袂へ手を入れて、玉子を二つ取り出して、やっと云いながら、野だの面へ擲（たた）きつけた。玉子がぐちゃりと割れて鼻の先から黄味がだらだら流れだした。野だはよっぽど仰天した者と見えて、わっと言いながら、尻持をついて、助けてくれと云った。おれは食うために玉子は買ったが、打（ぶ）つけるために袂へ入れてる訳ではない。ただ肝癪のあまりに、ついぶつけるともなしに打つけてしまったのだ。しかし野だが尻持を突いたところを見て始めて、おれの成功した事に気がついたから、こん畜生、こん畜生と云いながら残る六つを無茶苦茶に擲きつけたら、野だは顔中黄色になった。

おれが玉子をたたきつけているうち、山嵐と赤シャツはまだ談判最中である。

「芸者をつれて僕が宿屋へ泊ったと云う証拠がありますか」

「宵に貴様のなじみの芸者が角屋へはいったのを見て云う事だ。胡魔化せるものか」

「胡魔化す必要はない。僕は吉川君と二人で泊ったのである。芸者が宵にはいろうが、はいるまいが、僕の知った事ではない」

「だまれ」と山嵐は拳骨を食わした。赤シャツはよろよろしたが「これは乱暴だ、狼藉である。理非を弁じないで腕力に訴えるのは無法だ」

「無法でたくさんだ」とまたぽかりと撲ぐる。「貴様のような奸物はなぐらなくっちゃ、答えないんだ」とぽかぽかなぐる。おれも同時に野だを散々に擲き据えた。しまいには二人とも杉の根方にうずくまって動けないのか、眼がちらちらするのか逃げようともしない。

「もうたくさんか、たくさんでなけりゃ、まだ撲ってやる」とぽかんぽかんと両人でなぐったら「もうたくさんだ」と云った。野だに「貴様もたくさんか」と聞いたら「無論たくさんだ」と答えた。

「貴様等は奸物だから、こうやって天誅を加えるんだ。これに凝りて以来つつしむがいい。いくら言葉巧みに弁解が立っても正義は許さんぞ」と山嵐が云ったら両人共だまっていた。ことによると口をきくのが退儀なのかも知れない。

「おれは逃げも隠れもせん。今夜五時までは浜の港屋に居る。用があるなら巡査なりなんなり、よこせ」と山嵐が云うから、おれも「おれも逃げも隠れもしないぞ。堀田と同じ所に待ってるから警察へ訴えたければ、勝手に訴えろ」と云って、二人してすたすたあるき出した。

おれが下宿へ帰ったのは七時少し前である。部屋へはいるとすぐ荷作りを始めたら、婆さんが驚いて、どうおしるのぞなもしと聞いた。お婆さん、東京へ行って奥さんを連れてくるんだと答えて勘定を済まして、すぐ汽車へ乗って浜へ来て港屋へ着くと、山嵐は二階で寝ていた。おれは早速辞表を書こうと思ったが、何と書いていいか分らないから、私儀（わたくしぎ）都合有之（これあり）辞職の上東京へ帰り申候（もうしそろ）につき左様御承知被下度候（さようごしょうちくだされたくそろ）以上とかいて校長宛にして郵便で出した。

汽船は夜六時の出帆である。山嵐もおれも疲れて、ぐうぐう寝込んで眼が覚めたら、午後二時であった。下女に巡査は来ないかと聞いたら参りませんと答えた。「赤シャツも野だも訴えなかったなあ」と二人は大きに笑った。

その夜おれと山嵐はこの不浄な地を離れた。船が岸を去れば去るほどいい心持ちがした。神戸から東京までは直行で新橋へ着いた時は、ようやく娑婆へ出たような気がした。山嵐とはすぐ分れたぎり今日まで逢う機会がない。

清の事を話すのを忘れていた。——おれが東京へ着いて下宿へも行かず、革鞄（かばん）を提げたまま、清や帰ったよと飛び込んだら、あら坊っちゃん、よくまあ、早く帰って来て下さったと涙をぽたぽたと落した。おれもあまり嬉しかったから、もう田舎へは行かない、東京で清とうちを持つんだと云った。

その後ある人の周旋で街鉄（がいてつ）の技手になった。月給は二十五円で、家賃は六円だ。清は玄関付きの家でなくっても至極満足の様子であったが気の毒な事に今年の二月肺炎に罹って死んでしまった。死ぬ前日おれを呼んで坊っちゃん後生だから清が死んだら、坊っちゃんのお寺へ埋めて下さい。お墓のなかで坊っちゃんの来るのを楽しみに待っておりますと云った。だから清の墓は小日向（こひなた）の養源寺にある。

（明治三十九年四月）

〈底本と表記について〉

本書は、青空文庫の「坊っちゃん」を底本とした。表記については、現代仮名遣いを基調としている。ルビについては、小型活字を避けるという、本書の性格上、できるだけ省略し、必要に応じて、（　）に入れる形で表示した。

シルバー文庫発刊の辞

21世紀になって、科学はさらに発展を遂げた。日本も、多くのノーベル賞受賞者を輩出していることに見られるように、20世紀来、この発展に大きく寄与してきた。科学の継承発展のために、理系教育に重点が置かれつつある趨勢も、この状況に因るものである。

一方で、文学は停滞しているように思われる。

日本のノーベル文学賞受賞者は、川端康成と大江健三郎の二人の小説家のみであり、詩歌人にいたっては皆無である。しかし、短く設定しても千五百年に及ぶ、日本の文学の歴史は豊饒であり、明治文学だけでも、夏目漱石・森鷗外・与謝野晶子・石川啄木と、個性と普遍性を兼ね備えた、作家・詩歌人は枚挙にいとまがない。

ぺんで舎は、科学と同じように、文学もまた継承発展すべきものと考える。先に挙げた文学者たちの作品をはじめ、今後も読まれるべき文学、あるいはこれから読まれるべき文学を、新しい形で、世に送っていく。その第一弾として、大活字・軽量で親しみやすく、かつ上質な文学シリーズである、シルバー文庫をここに発刊する。

もし現代文学が、停滞どころか巷間囁かれているように衰退しているなら、ぺんで舎が志向するのは、「文学の復権」に他ならない。

ぺんで舎　佐々木龍

シルバー文庫　な1-2
大活字本　坊っちゃん（下）

2020年9月25日　初版第1刷発行

著　者　夏目 漱石
発行者　佐々木 龍
発行所　ぺんで舎
〒750-0043 山口県下関市東神田町4-1-202
TEL/FAX 083-249-5559
印　刷　株式会社吉村印刷
装　幀　Shiealdion
落丁・乱丁本は小社宛へお送りください。送料は小社負担にてお取替え致します。

価格はカバーに表示してあります。
Printed in Japan
ISBN978-4-9911711-1-6　C0193